1898

1

La barrière était haute, mais le pur-sang la franchit dans la foulée, sans effort apparent. Lorsqu'il atterrit souplement de l'autre côté, son cavalier lui flatta l'encolure.

Grand, mince et séduisant, le marquis Francis de Wimborton aurait eu toutes les femmes à ses pieds s'il l'avait voulu. Mais il n'avait guère l'occasion de fréquenter les salons londoniens, surtout depuis que l'hôtel particulier qu'il possédait à Park Lane était devenu le repaire des souris et des araignées. De toute manière, le marquis préférait vivre à la campagne. Et il ne manquait jamais, qu'il pleuve ou qu'il vente, de monter à cheval quotidiennement pour parcourir son vaste domaine.

Il ralentit son allure. Du haut de ce plateau, on avait une vue splendide sur les champs entourés de haies vives qui semblaient se déployer à l'infini. À distance, il pouvait distinguer le village de Wimborton. Avec ses cottages coiffés de toits de chaume qui se massaient autour d'une église en granit, cette bourgade semblait charmante. De loin, tout au moins !

Car de près, c'était une autre affaire : la plupart de ces cottages avaient besoin de sérieuses réparations. Tout comme le château de Wimborton, hélas !

Et, malheureusement, Francis n'avait pas d'argent pour entretenir tout cela, ce qui le désolait. Son père lui avait laissé un domaine, un très beau titre... et beaucoup de dettes.

Lorsqu'il était devenu le dixième marquis de Wimborton, il n'avait que dix-huit ans. Il en avait maintenant vingt-huit, et il n'était malheureusement pas parvenu à réaliser de miracles, comme il l'avait tant espéré au départ. À son grand désespoir, il ne pouvait que constater la dégradation progressive du domaine.

En soupirant, il tourna bride et se dirigea vers le château, dont la fière silhouette se détachait sur un écrin de verdure, à quelques kilomètres du village. Après avoir passé la haute grille en fer forgé, il remonta au pas l'allée bordée de chênes centenaires.

Le majordome le guettait en haut du perron.

— M. Johnson est là, milord. Je l'ai fait entrer dans le fumoir.

Le visage du marquis s'assombrit. Lorsque le comptable venait lui rendre visite, ce n'était jamais pour lui apporter de bonnes nouvelles !

Francis de Wimborton, qui n'était pas homme à reculer devant l'obstacle, se rendit immédiatement au fumoir.

— Bonjour, Johnson. Je ne vous attendais pas aujourd'hui, dit-il en tendant la main à son visiteur.

Ce dernier, un homme d'une soixantaine d'années aux cheveux presque blancs, soupira.

— Croyez-moi, j'aurais préféré ne pas venir, milord.

— Pour que vous entrepreniez le voyage depuis Londres, je suppose qu'il a fallu un motif sérieux. Asseyez-vous, je vous en prie.

Les deux hommes s'installèrent face à face dans de confortables fauteuils. En silence, M. Johnson considéra le jeune marquis d'un air soucieux. Il l'avait toujours plaint. À l'âge où les jeunes gens de sa condition voyageaient ou flirtaient, allant de fête en fête, Francis de Wimborton avait dû venir vivre dans cette vaste demeure. Et même s'il aimait la campagne et l'équitation, il fallait bien admettre que les distractions étaient plutôt rares ici.

Mais jamais le marquis ne s'était plaint.

— Dites-moi ce qui vous amène cette fois, Johnson.

— Milord, je n'irai pas par quatre chemins. L'entretien de ce domaine coûte une fortune et vous n'avez pratiquement aucun revenu.

— Il y a les fermages, les loyers...

— Vous savez bien que tout cela se trouve absorbé par les réparations d'urgence. Vos dettes commencent à atteindre un montant astronomique. Il faut impérativement trouver une solution.

— Si vous en avez une, Johnson, je vous écoute, fit le marquis d'un ton quelque peu sarcastique.

— Il y en a une, justement. Milord, vous avez un beau titre, vous possédez un domaine splendide...

— Il le serait s'il était entretenu convenablement.

— Avez-vous jamais pensé – pardonnez mon franc-parler – à monnayer tout cela ?

— C'est-à-dire ?

— Il vous suffirait d'épouser une riche héritière pour ne plus avoir de soucis matériels.

— Me marier ? s'exclama le marquis. J'avoue ne pas y avoir songé jusqu'à présent, pour la bonne raison qu'aucune femme n'a jamais réussi à retenir longtemps mon attention.

Le comptable soupira.

— Permettez-moi de vous parler franchement, milord. Après tout, j'ai l'âge d'être votre père, presque votre grand-père...

Francis de Wimborton ne put s'empêcher de rire.

— Vous pourriez être mon père, mais certainement pas mon grand-père. Cela dit, je vous écoute, Johnson.

— Milord, vous êtes jeune, distingué, bien élevé, cultivé... Et de plus, vous êtes un très bel homme. Honnêtement, je m'étonne que vous n'ayez pas encore trouvé chaussure à votre pied, comme on dit.

Lorsque le marquis se décidait à faire un bref séjour à Londres, il descendait toujours chez l'une de ses tantes, qui possédait un bel hôtel particulier situé non loin de celui des Wimborton, en face de Hyde Park. Dès que la nouvelle de sa présence était connue, il recevait aussitôt des monceaux de cartons d'invitation.

Certes, les femmes semblaient le trouver à son goût. Les débutantes lui jetaient des regards langoureux et les mères des jeunes filles à marier faisaient tout ce qu'il était possible pour tenter d'attirer son attention sur leur progéniture.

Mais Francis de Wimborton ne s'était jamais contenté que d'aventures sans lendemain avec des femmes mariées peu farouches. Des aventures dans lesquelles son cœur n'était pas impliqué.

Quant à lier son sort à celui de l'une de ces petites péronnelles à peine sorties de pension ? L'idée ne lui en était jamais venue. Il les trouvait toutes aussi stupides et futiles l'une que l'autre.

— Vous allez certainement me trouver peu raisonnable, Johnson. Mais la perspective de faire un mariage d'argent me répugne.

— Il est de mon devoir de vous parler franchement, milord. Vous vous trouvez dans une situation financière désastreuse. Il faut absolument trouver une solution et, malheureusement, il n'en existe pas cinquante.

Il y eut un long silence. Le marquis fut le premier à le rompre. Et ce fut avec ironie qu'il lança :

— Vous connaissant, Johnson, je parie que vous avez déjà choisi ma future femme !

Le comptable toussota avant de murmurer :

— Ma foi...

— Qui est-ce ?

— Mlle Lexia Drayton !

M. Johnson avait prononcé ce nom avec une visible fierté. Il semblait persuadé que cela allait amener une réaction de la part du marquis. Or l'expression de ce dernier ne changea pas.

— Qui est-ce ? redemanda-t-il.

— Milord ! M. Drayton et sa fille se sont installés à Highcliffe la semaine dernière !

Cette vaste demeure entourée d'un très joli parc se trouvait située à l'est du domaine. M. Johnson s'était arrangé pour qu'elle soit toujours à peu près convenablement entretenue, ce qui permettait d'en demander un loyer élevé.

Après la mort de sa femme, le précédent occupant était allé vivre chez sa fille en Écosse. Le comptable s'était alors empressé de chercher de nouveaux locataires et ceux-ci venaient d'emménager.

— Je n'ai pas encore eu l'occasion de rencontrer ces gens-là, fit le marquis avec une certaine hauteur. Vous savez parfaitement, Johnson, que j'ai toujours évité de nouer des relations avec les habitants de Highcliffe, tout comme avec ceux de Stonybank.

Stonybank était l'autre demeure à peu près en bon état dont le comptable réussissait à obtenir un loyer convenable.

— Milord...

M. Johnson marqua une pause afin de ménager ses effets.

— Milord, reprit-il, M. Drayton est millionnaire !

Cette fois, Francis de Wimborton ne cacha pas son étonnement.

— Un millionnaire sur mes terres ?

— Après avoir fait fortune en Amérique, M. Drayton vient de rentrer en Angleterre. Il a acheté une superbe maison dans l'un des meilleurs quartiers de Londres et souhaite maintenant trouver une propriété à la campagne. Aucune de celles qu'il a visitées jusqu'à présent ne lui a plu. Il a donc décidé de louer quelque chose en attendant, ce qui ne l'empêche pas de continuer ses recherches.

— Est-ce un Anglais ou un Américain ?

— Un Anglais. Un Anglais immensément riche ! Et sa seule héritière sera sa fille unique, Lexia.

— Je suppose qu'elle est laide comme un pou.

— Pas du tout, milord. Elle est très jolie.

— Vous croyez que cette demoiselle représente la solution à tous mes problèmes ?

— Écoutez, milord, elle est richissime et habite à l'autre bout du domaine ! C'est le ciel qui vous l'envoie, et si vous ne profitiez pas de cette chance, vous seriez bien...

Il s'interrompit brusquement.

— Je serais bien bête ? interrogea le marquis avec amusement. C'était cela que vous étiez sur le point de dire, Johnson ?

Le comptable parut confus.

— Je n'aurais pas osé, milord.

Sans se fâcher, Francis de Wimborton murmura :

— Ainsi, vous m'avez trouvé une riche héritière...

— À quelques kilomètres du château ! Je le répète, milord, c'est un don du ciel.

— Je suppose que la fille d'un millionnaire est poursuivie par des dizaines de coureurs de dot.

Avec un frisson horrifié, il enchaîna :

— Je n'ai aucune envie de me joindre à cette meute.

— Je me suis renseigné. Il paraît que lorsqu'elle vivait à New York, Mlle Drayton ne manquait pas de prétendants. Mais son père préfère qu'elle épouse un Anglais. Un Anglais titré, de préférence.

Le marquis pinça les lèvres.

— Je vois.

— Milord, si vous voulez remettre le domaine en état, il ne faut pas perdre de temps. Vous ne retrouverez jamais une occasion pareille : Mlle Drayton a de l'argent, vous avez un titre. Vous êtes faits pour vous entendre.

— Drôle de manière d'envisager un mariage, fit le marquis d'un ton sec.

— Dans certaines circonstances, milord, on ne peut pas se permettre de se montrer difficile.

— La situation est aussi désespérée que cela ?

— Comme si vous ne le saviez pas, milord !

Sur ces mots, M. Johnson ôta ses lunettes cerclées d'or et les remit dans la poche de sa redingote.

— Je serais désolé de voir les choses empirer ici, reprit-il. Ce qui ne peut manquer d'arriver si l'on ne tente pas de forcer le destin. J'ai fait tout ce que je pouvais pour amener une héritière à votre porte. À vous de jouer, maintenant !

Francis de Wimborton eut un haut-le-corps.

— Vous voulez dire que... que c'est avec une idée derrière la tête que vous avez loué Highcliffe aux Drayton ?

— Bien entendu ! Et M. Drayton a hâte de vous rencontrer.

— Parce qu'il est dans le complot, lui aussi ?

— Pourquoi pensez-vous qu'il soit venu à Highcliffe, quand il aurait pu se permettre de louer une propriété cent fois plus luxueuse ? demanda simplement le comptable.

Le marquis réfléchissait.

— Je ne demande pas mieux que de faire la connaissance d'un millionnaire. S'il a réussi à devenir riche, il pourra peut-être me donner des idées pour que je le devienne aussi ?

— Vous le serez le jour où vous épouserez Mlle Lexia Drayton. Et je le répète, milord, ne perdez pas de temps !

— Vous avez réussi à éveiller ma curiosité. Je n'ai pas encore eu l'occasion de rencontrer l'un de ces nouveaux riches qui ont amassé des millions en Amérique. Je verrai donc votre M. Drayton.

En entendant cela, le comptable laissa échapper un profond soupir de soulagement.

Le marquis eut un rire dur.

— Ne vous réjouissez pas trop vite, Johnson ! Sachez que le jour où je me marierai, ce sera par amour. Jamais je n'accepterai de me marier par intérêt. Jamais !

Pendant ce temps, un autre cheval galopait à travers bois. C'était un fougueux pur-sang que son cavalier, un mince adolescent, contrôlait avec maestria. Un adolescent ? Pas du tout. En réalité, il s'agissait d'une jeune fille qui montait à califourchon, habillée comme un garçon.

Comme elle était jolie avec son visage bien dessiné, son petit nez droit et ses grands yeux couleur saphir ! Penchée sur l'encolure de sa monture, elle franchissait les uns après les autres les troncs d'arbre tombés dans l'allée.

Loin derrière elle, un groom d'un certain âge tentait de la rattraper. Mais la distance entre eux ne cessait de s'agrandir, car au lieu de sauter les obstacles, il les contournait soigneusement.

Lorsque la jeune fille mit son cheval au pas, il parvint enfin à la rejoindre.

— Mademoiselle Lexia, vous ne devriez pas sortir habillée comme ça, fit-il d'une voix plaintive. C'est scandaleux ! Si Monsieur pouvait vous voir en ce moment, il serait furieux contre moi.

— Pas du tout, Hawkins. Je lui dirais que vous n'y êtes pour rien, bien au contraire.

Elle sourit.

— Combien de fois ne m'avez-vous pas suppliée de me conduire comme une demoiselle bien élevée ? Je n'ai jamais voulu vous écouter. Cela peut me valoir un jour une belle algarade, je ne l'ignore pas. Mais je vous promets que je prendrai tout le blâme pour moi.

— Malgré tout, mademoiselle Lexia, ce que vous faites n'est pas bien.

Elle eut un geste indifférent.

— Tant pis ! Vous savez, Hawkins, la vie serait terriblement ennuyeuse si l'on se conformait scrupuleusement aux règles de la bienséance.

— Vous voulez toujours avoir le dernier mot, mademoiselle Lexia.

Amusée, la jeune fille se pencha pour caresser son cheval.

— Vous avez vu comme Ciel de Mai a sauté toute cette succession de troncs ?

— Je n'ai rien vu du tout : j'étais trop loin.

Lexia éclata de rire.

— Ne boudez pas, Hawkins. Cela ne vous va pas du tout.

La jeune fille n'en avait jamais fait qu'à sa tête. Et au diable les grincheux !

Malgré tout, elle savait que son père serait furieux s'il la voyait ainsi vêtue. Elle se promit, une fois de retour à Highcliffe, de monter dans sa chambre en passant par une porte de côté. Elle pourrait ainsi troquer discrètement sa culotte de cheval ainsi que sa chemise d'homme contre une robe en mousseline fleurie.

« Et ni vu ni connu ! » pensa-t-elle avec bonne humeur.

Malheureusement, la chance n'était pas de son côté ce jour-là. Il fallait obligatoirement passer devant la maison pour atteindre les écuries. Or son père se trouvait justement à la fenêtre de son bureau ! Il faillit avoir une crise d'apoplexie.

— Lexia ! Viens ici immédiatement !

— Oui, père.

En soupirant, elle mit pied à terre, tendit les rênes à Hawkins et gravit quatre à quatre l'élégant perron.

Son père l'attendait dans son bureau, les bras croisés.

— Serais-tu devenue folle ? Tu te crois encore sur un ranch texan ? Tu ne sais pas encore qu'en Angleterre, une femme ne monte qu'en amazone ?

— Si, si ! Surtout, n'accusez pas Hawkins, il a tenté par tous les moyens de me dissuader de me promener ainsi accoutrée. Mais comme je suis beaucoup plus à l'aise à califourchon, je ne vois pas pourquoi...

Son père lui coupa la parole :

— Il faut respecter les coutumes du pays dans lequel on se trouve. Si tu voulais que l'on dise du mal de toi dans la région, tu ne t'y prendrais pas autrement.

— Bah, personne ne m'a vue.

— Ne sois pas insolente, Lexia, s'il te plaît.

M. Drayton examina sa fille des pieds à la tête.

— Et cet accoutrement ! Tu as l'air d'un garçon et j'ai honte de toi !

Du doigt, il désigna l'escalier.

— Monte te changer immédiatement!

— C'était mon intention.

— Cesse de répondre sans arrêt. Et assieds-toi.

Lexia, qui ne laissait rien passer, ne manqua pas de relever les contradictions du discours de son père :

— Que dois-je faire? Je n'y comprends plus rien! Vous me dites d'abord d'aller dans ma chambre, ensuite vous me demandez de rester.

— J'ai à te parler! tonna-t-il.

Comprenant qu'il valait mieux ne pas provoquer davantage l'auteur de ses jours, la jeune fille prit place dans le fauteuil qu'il lui avait indiqué.

— Je vous écoute, mon petit papa.

— Ne m'appelle pas ainsi. C'est inélégant. Les demoiselles comme il faut disent «père».

— Vous savez bien que c'est ainsi que je vous appelle la plupart du temps. Mais un «mon petit papa» de temps en temps... Je trouve cela affectueux. Pas vous?

— Non. Il faut que tu apprennes à te comporter comme une jeune Anglaise bien élevée.

— Je suis américaine.

— Ah, pas du tout! Ta mère était anglaise, je suis anglais et tu es née en Angleterre.

— Mais vous m'avez emmenée en Amérique quand j'avais trois ans. J'ai grandi là-bas, j'aime le Nouveau Monde et je me sens complètement américaine.

— Cesse de discuter, Lexia. Cela me fatigue. Ton avenir est ici, dans *ton* pays. Je tiens à ce que tu fasses partie de la haute société.

— Lorsque nous étions à Londres, nous avons été invités par les dames de la haute société, justement. J'ai dansé dans les meilleurs salons. Que voulez-vous de plus?

— Mon rêve ne s'est pas encore réalisé : tu n'as pas été présentée à la Cour.

Une lueur amusée passa dans les yeux bleus de la jeune fille.

— C'est cela, votre rêve ? Je croyais que vous vouliez que je fasse un très beau mariage et que j'aie un titre prestigieux. Le prince de Galles était à peine assez bon pour moi...

Elle pouffa.

— Oh, j'oubliais : il est déjà marié ! Mais il a des fils, non ?

— Ne plaisante pas à propos d'un sujet aussi sérieux.

— Quel est le sujet sérieux ? Le prince de Galles ou mon mariage ?

Feignant de ne pas l'avoir entendue, M. Drayton reprit :

— Pourquoi n'épouserais-tu pas le propriétaire de ce superbe domaine ?

— Bien mal entretenu, le domaine ! La dernière tempête a fait tomber de nombreux arbres dans les bois. Leurs troncs encombrent les allées et personne ne se soucie de nettoyer tout cela !

Elle sourit.

— Oh, je ne me plains pas ! Cela me fait un parcours d'obstacles !

— Espèce de garçon manqué, tu ne peux pas m'écouter ?

— Si, mon petit papa. Vous avez donc pensé que je pourrais épouser le propriétaire de ce domaine ? Impossible ! C'est un marquis et je ne suis que... qu'une rien du tout.

— Laisse-moi te dire quelque chose, ma fille. Quelque chose que je te prierai de ne pas oublier : une riche héritière, une millionnaire n'est jamais une rien du tout ! Tu n'as pas encore appris cela ?

— Mais nous n'avons pas de titre.

— Ta mère était la fille d'un baronnet.

— Il en faut plus pour impressionner un duc ou un marquis! Oui, je ne suis qu'une rien du tout, père! insista Lexia. Une rien du tout très heureuse de vivre, de porter des vêtements d'homme pour monter à califourchon, de...

— Surtout, que personne ne t'entende parler ainsi! s'écria M. Drayton avec effroi. Il serait temps, quand même, que tu deviennes une Anglaise convenable et que tu t'adaptes à l'existence que l'on mène dans ce pays.

— Bah, les Anglais n'ont qu'à s'adapter à moi!

M. Drayton eut un geste agacé.

— Pour une fois, tâche de m'écouter sans m'interrompre à chaque instant. Tu es jeune, riche et très jolie. Tu peux espérer faire un très beau mariage. Le marquis de Wimborton...

Lexia regarda son père avec curiosité.

— Lorsque nous étions à Londres, vous parliez déjà du marquis de Wimborton. Nous n'avons pas eu l'occasion de le rencontrer là-bas, ce que vous regrettiez. Et nous voilà maintenant sur ses terres...

Elle fronça ses sourcils à l'arc parfait.

— Auriez-vous tout organisé, par hasard?

Au lieu de répondre à sa question, son père déclara:

— Le marquis de Wimborton est l'un des plus grands aristocrates du pays. Les Wimborton sont alliés à toutes les familles qui comptent, et même à la famille royale.

Lexia éclata de rire.

— Je devine où vous voulez en venir! Vous aimeriez bien que ce grand aristocrate tombe amoureux de votre fille!

Et, dans un haussement d'épaules:

— Mais les histoires de princes qui épousent des bergères, cela n'arrive que dans les contes de fées.

De nouveau, M. Drayton fit mine de ne pas l'avoir entendue.

— On m'a dit que le marquis était jeune et séduisant, reprit-il. Tu n'aimerais pas devenir marquise ?

Lexia soupira.

— Marquise ou femme de balayeur ? Cela m'est égal. Tout ce que je souhaite, c'est de faire un mariage d'amour.

— Et moi, tout ce que je souhaite, c'est te voir au premier rang le jour de l'ouverture du Parlement, avec un superbe diadème en diamants sur la tête.

La jeune fille demeura silencieuse. Ce n'était pas la première fois qu'elle entendait un tel discours. Depuis qu'il avait fait fortune, son père avait placé toutes ses ambitions sur elle.

Il voulait qu'elle ait un titre et était prêt à tout pour cela. Lexia ne se faisait cependant guère d'illusions. Elle comprenait maintenant que s'ils se trouvaient à Highcliffe, sur les terres du marquis de Wimborton, c'était parce que cela leur donnerait peut-être l'occasion de faire la connaissance du châtelain.

La jeune fille se campa devant son père, les jambes légèrement écartées, bien d'aplomb dans ses hautes bottes cirées.

— Je tiens à choisir moi-même celui qui deviendra mon futur mari.

Après un silence, elle murmura :

— D'ailleurs, qui sait si je me marierai un jour ?

— C'est ton destin.

— Pas forcément. Vous savez, père, j'ai rencontré en Amérique des femmes qui veulent mener leur existence à leur guise, de manière indépendante, sans s'encombrer d'un mari.

— Sans... sans s'encombrer d'un mari ? répéta M. Drayton, scandalisé.

Il se fâcha.

— Je t'interdis de parler ainsi! Seigneur! Par moments, on se demande où va le monde! Quand je pense que des jeunes personnes bien élevées peuvent raconter de pareilles horreurs!

— Je ne suis pas une jeune personne bien élevée. Savez-vous quand j'étais le plus heureuse? Quand nous étions dans ce ranch, en Californie, et que j'ai appris à monter à cru et à attraper le bétail au lasso.

M. Drayton se prit la tête entre les mains.

— Ce qu'il ne faut pas entendre! se lamenta-t-il. J'ai besoin d'un whisky pour me remettre.

— Lord Eagleton m'a dit qu'un gentleman ne buvait jamais d'alcool le matin.

— Lord Eagleton n'a pas une fille qui s'habille comme un garçon et menace de ne jamais se marier.

— Mon pauvre petit papa! Vous n'avez pas de chance avec moi.

— Cesse de m'appeler ton petit papa et va mettre une robe! Les dames ne portent pas de pantalon.

— Ce serait pourtant bien pratique. J'en ai assez de ces jupons à volants, de ces corsets, de...

— Jamais tu n'attraperas de mari si tu n'es pas féminine.

— Je ne veux pas attraper de mari, je veux tomber amoureuse.

— Je veux, je veux... Ta mère ne t'a donc rien appris?

— Si, elle m'a recommandé de toujours dire franchement ce que je pensais et d'agir selon ma conscience.

Consciente de tenir là un argument important, la jeune fille enchaîna:

— Cela lui a réussi. Car si elle avait suivi les conseils de ses parents, vous savez bien qu'elle ne vous aurait jamais épousé.

Cette fois, M. Drayton demeura silencieux.

Vingt-cinq ans auparavant, la jolie Elsie de Formby et lui étaient tombés follement amoureux. Mais le père d'Elsie ne voulait pas entendre parler de mariage. Selon lui, la fille d'un baronnet pouvait prétendre à beaucoup mieux qu'un négociant ne possédant qu'une petite société sans importance.

Les tourtereaux avaient dû s'enfuir et se marier en cachette. Quelques années plus tard, M. Drayton avait décidé de tenter sa chance en Amérique. Fortune faite, il avait voulu rentrer dans son pays et offrir à la femme qu'il adorait une existence de rêve.

Hélas, Elsie était morte quelques mois avant la date prévue pour le retour.

Au prix d'un visible effort, Gary Drayton revint à l'instant présent.

— Je voudrais que ton futur mari fasse partie du monde qui était celui de ta mère, ma chère petite Lexia. C'est ce qu'elle aurait voulu, elle aussi.

La jeune fille ne répondit pas. À quoi bon prolonger encore cette discussion ? Cela ne servait à rien... Mais en dépit des affirmations de son père, elle était certaine, elle, que sa mère l'aurait poussée à se marier par amour.

2

Deux jours plus tard, ce fut vêtue d'une élégante amazone que Lexia descendit dans la salle à manger afin de prendre son petit déjeuner.

Son père, qui était déjà à table, la regarda avec approbation.

— Tu es très jolie ainsi, ma chère enfant.

— Merci, père, répondit la jeune fille en faisant, par jeu, une petite révérence.

Sur ces entrefaites, un domestique apporta le courrier sur un plateau d'argent. M. Drayton s'empressa de feuilleter la pile. Un sourire satisfait aux lèvres, il brandit une longue enveloppe armoriée en vélin.

— Voilà ce que j'attendais ! Une lettre du marquis de Wimborton.

— Milord se serait enfin aperçu de notre existence ? lança Lexia avec ironie.

— Ne parle pas ainsi.

— Père, je n'aime pas que vous placiez cet homme sur un piédestal. Qui est-ce, après tout ? Un être humain comme un autre. En quoi vaudrait-il mieux que vous ?

— C'est un marquis.

— Mais en quoi vaut-il mieux que vous ? insista la jeune fille.

— C'est un grand aristocrate. Un marquis, te dis-je !

— Peuh, un marquis sans le sou ! Un marquis couvert de dettes ! Père, vous êtes à cent coudées au-dessus de lui. Ce n'est pas vous qui attendriez, sans même lever le petit doigt, qu'on vienne vous offrir une fortune !

— Surtout, ne t'avise pas de parler ainsi devant le marquis.

Lexia éclata de rire.

— Parce qu'après cela, il refuserait de m'épouser ?

M. Drayton examina sa fille d'un air pensif.

— Non. Il a un besoin crucial d'argent. Et avec la dot que tu auras, il t'épousera, quelles que soient les bêtises que tu pourras proférer.

Là-dessus, il décacheta l'enveloppe en vélin.

— Ah, une invitation ! Entre nous, c'était quelque chose de ce genre que j'attendais.

À voix haute, il se mit à lire le carton :

Le marquis de Wimborton serait heureux de recevoir monsieur et mademoiselle Drayton jeudi prochain, pour le thé.

Il a déjà convié quelques-uns de ses amis et voisins qui ont hâte de faire la connaissance des nouveaux occupants de Highcliffe.

Lexia laissa échapper un ricanement bref.

— Il va réunir les plus snobs de ses amis. Et ils seront tous là, autour de nous, en train de nous observer pour voir si nous sommes capables de boire une tasse de thé sans faire trop de bruit.

— Du bruit ?

— Oui, comme des porcelets autour d'une écuelle.

Son père haussa les épaules.

— Tu mettras l'une de tes plus jolies robes. Et, pour une fois, tu tâcheras de ne pas dire tout ce qui te passe par la tête.

— Oui, père.

— Je veux être fier de toi.

— Vous le serez, père, fit la jeune fille avec une docilité inhabituelle. Vous le serez, je vous le promets !

Là-dessus, craignant de devoir écouter un long discours au sujet de la manière dont devaient se comporter les demoiselles bien élevées, elle s'empressa de s'éclipser.

Une fois dans sa chambre, elle se mit à la fenêtre. Elle savait que son père avait rendez-vous, ce matin-là, avec le directeur de sa banque. En effet, la calèche qu'il avait commandée pour se rendre en ville arrivait devant le perron.

M. Drayton ne tarda pas à monter en voiture. Le cocher effleura de la pointe de son fouet la croupe des deux anglo-arabes bais parfaitement assortis. Aussitôt, ceux-ci se mirent au grand trot en secouant leur crinière noire.

Lexia hocha la tête d'un air satisfait.

— Parfait ! Maintenant que mon père est parti, je peux aller galoper à travers bois !

Sa femme de chambre, qui était en train de faire le lit de la jeune fille, se redressa en souriant.

— Comme cette amazone en velours vous va bien, mademoiselle Lexia !

— Vous trouvez, Daisy ? demanda la jeune fille avec un sourire moqueur.

— Oh, oui ! Sa couleur est presque celle de vos yeux. Et elle met si bien en valeur votre taille fine !

— Tant pis ! Au diable les amazones ! Savez-vous ce que je vais faire, Daisy ? Je vais me débarrasser de cette tenue ridicule pour remettre l'une de mes confortables culottes de cheval.

— Vous ne pouvez pas faire cela, mademoiselle Lexia ! Monsieur votre père...

— ... est parti. Et j'en profite !

Tout en se débarrassant de son petit feutre orné d'une plume de faisan, la jeune fille se mit à tournoyer sur elle-même.

— Quand le chat n'est pas là, les souris dansent !

— Oh, mademoiselle Lexia !

En guise de réponse, cette dernière se contenta de pouffer. Déjà, elle était en train de troquer sa blouse en mousseline contre une chemise d'homme en coton blanc.

Deux minutes plus tard, elle était prête. Elle réunit sa chevelure blonde en torsade, l'épingla et la cacha sous une casquette en tweed.

— Et une casquette de lad, maintenant ! se lamenta Daisy. Quelle honte, mademoiselle Lexia !

— Je vous assure que cette tenue est cent fois plus confortable qu'une amazone. Monter à cheval en jupe, mais c'est du plus haut ridicule !

Elle soupira.

— Ah, quel dommage que je ne sois pas un garçon ! Ma vie serait quand même plus simple !

Choquée par le comportement de sa jeune maîtresse, Daisy ne répondit pas.

En sifflotant, Lexia courut vers l'écurie.

— Sellez-moi Skylark, s'il vous plaît, Jim, demanda-t-elle à l'un des trois palefreniers. Et pas de selle d'amazone !

Il hésita.

— Skylark n'est pas commode.

— Justement, c'est pour cela que je l'ai choisi.

— C'est un cheval dangereux, mademoiselle Lexia.

— J'aime le danger !

Que répondre à cela ? Il ne restait plus à Jim qu'à préparer Skylark.

Lorsqu'il l'amena, Hawkins, le groom chargé de l'entretien de la sellerie et des voitures, s'apprêtait à sortir la vieille jument qu'il montait lorsqu'il accompagnait la jeune fille en promenade.

— Inutile, Hawkins ! cria-t-elle en se mettant en selle. Ce matin, je sors seule.

Skylark ruait sur place, impatient de s'élancer. Lexia desserra imperceptiblement ses doigts sur ses rênes et il partit comme une flèche. Sachant que ce puissant animal avait besoin de se détendre, elle le laissa galoper longtemps. Lorsqu'elle le jugea enfin calmé, elle le remit au pas.

— Tu te sens mieux, maintenant ? demanda-t-elle avec amusement en lui caressant l'encolure. Tu n'es pas dangereux, je le sais bien, moi. Tu es seulement plein de vie, plein d'énergie. Si l'on t'empêche de donner ta mesure, tu te sens bridé et tu essaies d'expédier ton cavalier par terre.

Elle regarda autour d'elle et s'étonna de ne rien reconnaître aux alentours – ce qui n'avait rien de surprenant car elle était allée beaucoup plus loin que d'ordinaire.

Voyant un plan d'eau scintiller entre les arbres, elle s'en approcha au pas, rênes longues. Et elle arriva devant un grand lac dans lequel se reflétait un superbe château.

« Serait-ce le château de Wimborton ? se demanda-t-elle. Si c'est le cas, je ne peux pas me plaindre d'y être invitée jeudi. Cela me donnera l'occasion de le voir de plus près. Une demeure pareille doit renfermer des trésors : des tableaux de maître, des meubles anciens, des collections de prix... »

Elle s'approcha de la rive. Pendant que Skylark buvait à longs traits, elle admirait toujours le château. Mais bien vite, elle s'aperçut qu'il n'était pas en très bon état.

« Il a besoin d'être restauré, c'est évident ! Et il faudrait une fortune pour cela. »

Un sourire ironique lui vint aux lèvres. Si le marquis s'imaginait qu'il allait pouvoir mettre la main sur l'argent des Drayton, il se faisait de belles illusions !

Enfin désaltéré, Skylark releva la tête.

— Allons-y ! lui dit-elle en faisant demi-tour.

Elle leva les yeux vers le ciel pour s'orienter. Highcliffe devait être par là, vers l'est.

« Par conséquent, si j'emprunte ce sentier, je serai dans la bonne direction. »

Oui, c'était vraiment très joli, par ici. Il y avait des hêtres et des chênes magnifiques, des fleurs, des fraises des bois. Les oiseaux s'égosillaient dans les arbres et, à distance, elle aperçut même deux biches. Le sentier s'était élargi et elle allait au petit trot sur un tapis de mousse quand elle entendit un bruit de galop derrière elle.

Elle se retourna et vit un cavalier en selle sur un splendide pur-sang noir. Le marquis ?

« Cela m'étonnerait ! Milord n'accepterait sûrement pas de porter un vieux pantalon en velours côtelé et des bottes boueuses », se dit la jeune fille.

L'homme l'interpella :

— Eh, mon garçon ! Venez un peu ici !

Lexia se mordit la lèvre inférieure presque au sang. Jusqu'à présent, elle n'avait jamais rencontré personne au cours de ses promenades. Mais si quelqu'un la voyait ainsi vêtue, on saurait vite dans la région que Mlle Drayton, la riche héritière, montait à califourchon vêtue comme un homme. Et son père serait fou de rage.

« Il ne me le pardonnerait pas. Il faut que je me sauve ! »

Elle éperonna Skylark qui ne se fit pas prier pour partir comme une flèche. Derrière elle, l'homme se mit à crier. Elle crut entendre les mots : « propriété privée ».

« Je ne suis peut-être pas là où je devrais être, mais je ne vais sûrement pas tourner bride pour lui demander si c'est bien le cas. »

Et elle pressa les flancs de Skylark pour lui faire accélérer encore son allure. Il fallait absolument qu'elle échappe à celui qui s'était lancé à ses trousses. À aucun prix, elle ne devait se faire arrêter par ce groom. Il la traînerait devant le marquis...

« Et ce serait la honte de ma vie ! »

Elle se retourna et s'aperçut avec horreur que son poursuivant gagnait du terrain. Comme elle regardait derrière elle, elle ne s'était pas aperçue qu'un tronc barrait l'allée. Mais Skylark, lui, bien sûr, l'avait vu.

Il prit son élan pour le franchir. Malheureusement, la jeune fille n'était pas prête à accompagner le mouvement. Déséquilibrée, elle passa par-dessus l'encolure et atterrit sans douceur de l'autre côté du tronc.

Le pur-sang noir arrivait à son tour. Il passa l'obstacle et elle eut juste le temps de rouler sur le côté en se couvrant la tête de ses bras pour éviter les sabots.

Le groom s'arrêta, mit pied à terre et vint vers elle.

— Vous vous êtes fait mal ?

— Non, rien de cassé.

— Vous n'avez eu que ce que vous méritiez. Cela vous apprendra à entrer dans des propriétés privées.

— Je me promenais...

— Dans un endroit où vous n'aviez rien à faire. Que ce soit une leçon, mon garçon !

Il lui tendit la main pour l'aider à se relever.

— Ne me touchez pas ! s'écria-t-elle.

— En voilà des façons !

Il la saisit par l'épaule avec tant de brutalité qu'il délogea sa casquette en tweed. Aussitôt, ses longues boucles dorées, mal attachées, croulèrent sur ses épaules.

Stupéfait, l'homme la lâcha en reculant d'un pas.

— Une fille !

— Eh oui, je suis une fille, admit-elle, horriblement vexée.

— Habillée de la sorte ?

— Oh, je vous en prie ! Cela vous plairait de mettre une jupe pour monter en amazone ?

Il sourit.

— Non, cela ne me plairait pas. Pas du tout !

Quand il souriait, cet homme grand et mince devenait irrésistible. D'ailleurs, il était très séduisant avec ses larges épaules et ses cheveux sombres, ébouriffés par le vent de la course.

— Non, cela ne me plairait pas, répéta-t-il. Mais je ne suis pas une dame.

— Moi non plus, grommela-t-elle. Selon mon père, je ne suis qu'un garçon manqué.

Elle soupira.

— Quelle malchance ! Et maintenant, j'ai tout gâché !

— Comment cela ?

— Ce serait trop long à raconter.

— Mais j'ai tout le temps du monde. Allons nous asseoir là-bas, sur ce tronc d'arbre.

— Attendez d'abord que je récupère Skylark. Heureusement qu'il n'a pas eu la mauvaise idée de rentrer seul à l'écurie !

Le cheval de la jeune fille mangeait tranquillement les hautes herbes qui foisonnaient au bord de l'allée. Elle alla le prendre par la bride et l'attacha à une branche basse avant d'aller s'asseoir sur le tronc. Tant bien que mal, elle se mit en devoir de rassembler ses cheveux à l'aide des quelques épingles qui étaient restées en place. Puis elle remit sa casquette.

— Voilà !

En la voyant se frictionner le dos avec une grimace, l'homme fronça les sourcils.

— Vous vous êtes fait mal !

— Ce n'est rien. J'ai vu pire.

— Pourquoi disiez-vous que vous aviez tout gâché ?

— Parce que, maintenant que vous m'avez vue habillée comme je le suis, tout le monde va être au courant dans la région. Ces idiots d'Anglais vont se moquer de moi.

Son interlocuteur sursauta.

— Ces... ces idiots d'Anglais ?

Elle donna un coup de pied rageur dans une motte de terre.

— Et quand je pense que c'est la faute du marquis !

— Pardon ?

— Le marquis, oui ! Dites-moi, le château qui est au bord du lac, est-ce le sien, oui ou non ?

— Oui.

— Comment s'appelle-t-il, déjà ? Warbuton ? Wilberry ?

— Wimborton.

— Vous en êtes sûr ? Je pensais que c'était Warbuton.

— Je peux vous certifier que vous êtes sur le domaine de Wimborton.

— Vous êtes forcément mieux au courant que moi. Vous travaillez pour lui depuis longtemps ?

— Vous... vous me demandez si...

— S'il y avait longtemps que vous étiez l'employé du marquis, précisa-t-elle avec une pointe d'impatience. Remarquez, c'est sans importance. Le connaissez-vous bien, ce milord ?

— Euh... oui. Mais que vient-il faire là-dedans ?

— Tout est sa faute ! fit la jeune fille avec ressentiment.

— Le pauvre ! Qu'a-t-il donc fait ?

— C'est un horrible individu. Je le déteste. Je le méprise. Je...

L'homme qui s'était assis à côté d'elle se leva brusquement. Il semblait avoir peine à se dominer.

— Pourquoi dites-vous cela ? demanda-t-il enfin.

— Parce que c'est la vérité.

— Quand avez-vous rencontré le marquis ?

— Jamais.

Le groom se rassit, perplexe.

— Dans ce cas, comment pouvez-vous le haïr ?

— Parce qu'il est haïssable.

— Excusez-moi, mais j'ai beaucoup de mal à vous comprendre. Ce que vous dites n'a guère de sens. Vous prétendez mépriser un homme que vous n'avez encore jamais vu ! S'il savait cela...

— Il s'en moquerait, assura Lexia.

— Je vous assure que s'il apprenait qu'une jeune personne dont il ignore tout le traite plus bas que terre, il serait très malheureux.

— Cela m'étonnerait. Un homme qui voit toutes les femmes se jeter à ses pieds parce qu'il a un titre ne peut pas être malheureux. Il est tellement habitué à être le centre de l'attention ! Il s'imagine qu'il lui suffit de claquer dans ses doigts pour que tout le monde se précipite.

— Vous jugez bien mal un homme que vous ne connaissez pas. Si vous m'expliquiez ce qu'a fait le marquis de Wimborton pour mériter un pareil traitement ?

— Il m'a mise dans une position impossible !

En entendant cela, le groom eut un haut-le-corps.

— Le marquis ?

— Indirectement. Car, en réalité, le principal responsable de tout ce gâchis n'est autre que mon père.

— Je comprends de moins en moins.

Lexia soupira.

— Vous connaissez le marquis, m'avez-vous dit ?

— Euh... oui.

— Jurez-moi que vous ne lui direz jamais que vous m'avez vue à califourchon sur Skylark. Et habillée comme un garçon, qui plus est !

— Pourquoi voulez-vous que je lui raconte cela ? Et, de toute manière, il s'en moque !

— Pas du tout. Figurez-vous que je suis censée l'épouser.

Il y eut un long silence. Lorsque le cavalier reprit la parole, ce fut pour balbutier d'une voix rauque :

— Vous... vous dites que vous êtes censée...

— Épouser cet odieux personnage. Mon père en a décidé ainsi. C'est stupide, je vous l'accorde. C'est d'ailleurs d'autant plus stupide que le marquis ne veut pas davantage de moi que je ne veux de lui. Mais pour faire entendre raison à mon père...

— Je crois deviner de quoi il retourne !

— Pas trop tôt, riposta Lexia avec une vigoureuse insolence.

— Comment s'appelle votre père ?

— Gary Drayton. Il vient de louer Highcliffe.

— Je vois. Gary Drayton, le millionnaire ?

— Vous avez entendu parler de lui ?

— On ne parle que de lui dans la région. Il paraît qu'il a fait fortune en Amérique.

— C'est cela.

Avec indifférence, la jeune fille expliqua :

— Il possède des champs de pétrole et des mines d'or.

— Rien que cela !

— Moi, je m'appelle Lexia Drayton.

Là-dessus, avec la simplicité qui la caractérisait, elle lui tendit une main qu'il fut bien obligé de serrer. Mais il paraissait de plus en plus mal à l'aise.

— Et vous ? lança-t-elle. Comment vous appelez-vous ?

— Francis.

C'était bien un domestique : il n'avait même pas jugé utile de lui donner son nom de famille.

— Je suppose qu'on vous appelle Frank ?

Il hésita avant de répondre :

— Ce n'est pas encore arrivé. Mais si vous préférez dire Frank, cela ne me dérange pas.

— Je préfère Frank à Francis.

Elle soupira.

— Si vous saviez, Frank, c'est terrible !

— D'être la fille d'un millionnaire ?

— Oh, oui ! Je suis harcelée par les coureurs de dot. Ils ne me voient pas vraiment, moi.

— Vous êtes pourtant bien jolie.

— Je n'existe pas à leurs yeux. Pour eux, je ne suis qu'un tas d'or.

— Le marquis pense cela aussi ?

— Le marquis ne me connaît pas encore. Mais je sais déjà qu'il sera exactement comme les autres. Et même si mon père tient beaucoup à ce mariage, je refuse d'épouser un homme qui ne songe qu'à mettre la main sur mon argent.

— Vous croyez que le marquis veut vraiment...

— Il est prêt à tout pour pouvoir remettre son domaine en état, coupa-t-elle. Il paraît qu'il est couvert de dettes. Ce qui ne l'empêche pas, cet ignoble individu trop imbu de lui-même, de se prendre pour la huitième merveille du monde.

— Rien que cela ?

— Oui. C'est un vrai seigneur féodal! Je parie qu'il a toujours une arme à la main et qu'il trucide tous les paysans qui passent à sa portée.

De nouveau, un silence pesa.

— Pourquoi ferait-il une chose aussi horrible? demanda enfin Frank.

— Parce qu'il est le seigneur et maître. Si le travail de ses serfs ne lui convient pas, il les tue.

— Vous vous croyez encore au Moyen Âge?

— Moi, certainement pas. Je suis une femme moderne, je viens du Nouveau Monde. Mais ce marquis se croit tout permis. Quand je vous dis qu'il tue un paysan chaque jour avant le petit déjeuner, je ne dois pas être très loin de la vérité.

Frank éclata de rire.

— Je le connais et je peux vous assurer qu'il y a bien longtemps qu'il n'a tué personne. Jamais avant le petit déjeuner, en tout cas.

— Vous vous moquez de moi! s'exclama Lexia.

— Juste un peu. Vous avez de telles théories!

— Vous me jurez que vous ne lui direz pas que vous m'avez vue habillée comme je le suis? Il va déjà me regarder de haut, mais s'il savait une chose pareille...

La jeune fille se leva avec dignité.

— Je ne veux surtout pas qu'il pense que je ne suis pas une demoiselle comme il faut. Même si je n'en suis pas une!

Frank se remit à rire.

— Qui sait? Le marquis vous trouvera peut-être charmante.

— Vous êtes de son côté, évidemment! lança Lexia avec dégoût.

— Ma foi, oui.

— Puisque vous êtes l'un de ses employés, cela me semble normal.

Elle leva les yeux au ciel.

— Ah, quand je pense que je vais être obligée de voir cet horrible personnage jeudi ! À votre avis, comment devrai-je me comporter ?

Frank n'eut pas besoin de réfléchir longtemps pour donner les conseils demandés :

— Premièrement, habillez-vous avec beaucoup d'élégance.

— Je suppose que je ne pourrai pas arriver au château vêtue comme je le suis en ce moment !

— Ce serait de bonne politique. Deuxièmement, ne le laissez pas vous intimider.

— Oh, sûrement pas !

Avec un sourire sarcastique, il poursuivit :

— Le marquis est un homme pétri d'orgueil et d'arrogance, il se croit au-dessus de tout le monde. Dès le premier instant, il vous regardera avec dédain.

— Je l'avais deviné ! Ah, il me regardera avec dédain ? Eh bien, moi, je le traiterai avec le plus grand mépris, tout marquis qu'il est. Je l'écraserai sous le talon de ma bottine !

— Bien dit !

Frank, qui paraissait de plus en plus amusé, remarqua :

— Cette rencontre risque de faire des étincelles.

— C'est sûr et certain !

Avec sa simplicité habituelle, elle demanda :

— Aurons-nous l'occasion de nous revoir ?

— Avec plaisir.

— Vendredi matin, dans cette allée ? proposa-t-elle.

— Très bien.

— Je vous raconterai comment s'est passée ma visite au château.

Frank eut un sourire quelque peu sardonique.

— Cela m'intéressera de connaître votre réaction.

Personne n'apprit à M. Drayton que sa fille était allée monter à califourchon, en vêtements d'homme, et sans même être accompagnée d'un groom. Quant à Lexia, elle se garda bien de parler à son père de sa rencontre avec l'un des employés du marquis !

Le jeudi matin, la jeune fille se mit en devoir de se préparer.

— Fais-toi très belle, lui avait dit son père.

C'était bien son intention ! Le marquis allait regretter ce qu'il allait perdre ! Car s'il la demandait en mariage, ce dont elle était pratiquement sûre, elle était bien décidée à refuser tout net.

Qu'allait-elle porter cet après-midi-là pour être à son avantage ? Après avoir longuement réfléchi, elle arrêta son choix sur un ensemble en soie d'une nuance très rare : un vert tirant sur le gris ou, plutôt, l'argent. La jupe, étroite aux hanches, s'évasait doucement jusqu'à ses chevilles. Sous la courte veste assortie à manches gigot, comme le voulait la mode, elle portait une blouse en soie blanche ornée de dentelle. Quant à la capeline assortie à cette tenue, elle était en paille verte, avec des rubans gris argent.

— Simple et élégante à la fois, commenta-t-elle en étudiant son reflet dans le miroir.

— Il vous faut des bijoux, mademoiselle Lexia, dit Daisy.

— Oui, bien sûr. Je pensais mettre mon collier de perles et les boucles d'oreilles assorties.

— Cette parure devrait très bien aller avec votre tenue.

— Voyons un peu...

Après avoir fixé le fermoir du collier, Daisy recula de quelques pas.

— Vous êtes parfaite, mademoiselle Lexia.

« Prête à la bataille », pensa la jeune fille. Mais elle se contenta de dire en souriant :

— Merci, Daisy.

— Votre ombrelle, mademoiselle Lexia.

La jeune fille fit la grimace.

— Un corset, une ombrelle ! Seigneur, que de carcans !

Daisy pouffa.

— Si vous pensez que vous pouvez aller rendre visite au marquis de Wimborton en bottes et culotte de cheval !

— Il serait tellement horrifié de voir une femme ainsi vêtue qu'il s'évanouirait comme une femmelette !

M. Drayton, qui attendait sa fille en bas de l'escalier, battit des mains.

— Tu es splendide ! Exactement comme je l'espérais ! Quelle classe, quelle distinction !

La jeune fille esquissa une petite révérence.

— Merci, père.

Un peu plus tard, dans la superbe voiture qui les emmenait au château, M. Drayton répéta :

— Oui, tu es splendide. Quel homme ne serait pas sous le charme ? Quel est celui qui pourrait te résister ? Aucun. Et pas plus le marquis que les autres.

— Pour le moment, je ne pense pas à faire de conquêtes. Je suis contente de pouvoir admirer le château d'un peu plus près. Il doit renfermer des merveilles !

— Je le suppose. Et le marquis…

— Père, cessez de parler tout le temps du marquis ! Même si vous rêvez de me voir l'épouser.

— Honnêtement, tu ne pourrais pas faire de plus beau mariage.

— Le jour où je me marierai, ce sera par amour. Pas pour avoir un titre ! Je ne suis pas non plus assez altruiste pour aider un aristocrate ruiné à éponger ses dettes.

Avec une grimace, elle ajouta :

— Des dettes de jeu, vraisemblablement ! Je suppose que le marquis de Wimborton a dépensé sa fortune entre les tapis verts et les petites femmes.

— Lexia ! Une jeune fille bien élevée ne dit pas de choses pareilles.

— Et après avoir jeté tout son argent par les fenêtres, ce monsieur – qui va sûrement nous regarder de haut – compte sur nous pour le renflouer ? Que nenni !

Son père se raidit. Craignant qu'il ne se mette en colère, Lexia glissa sa main dans la sienne.

— Vous savez, je ne suis pas pressée de me marier. Je n'ai pas envie de vous quitter.

— Moi non plus, mais il le faudra bien un jour. Je voudrais tant que tu sois heureuse et que tu aies tout ce dont tu peux rêver !

— Mes exigences sont relativement limitées. Un bon cheval, d'interminables galops… Que demander de plus ?

— Tu as des rêves de garçon manqué.

M. Drayton fronça les sourcils.

— À propos de garçon manqué, j'espère que tu n'es pas retournée monter habillée de manière à me faire honte ?

La jeune fille prit un air vertueux.

— Oh, non, père !

M. Drayton paraissait très satisfait de la tournure que prenaient les choses.

— Le jour où ce mariage sera célébré, je n'aurai plus rien à désirer. Honnêtement, j'aurais tout fait pour cela !

— Je n'ai encore jamais vu le marquis. Peut-être le trouverai-je… horrible ? Répugnant ?

— Quelle sottise ! Un marquis ne peut pas être répugnant !

— S'il ne me plaît pas, m'obligerez-vous quand même à l'épouser ?

— Je ne suis pas un tyran. Tu es libre, bien évidemment. Mais il n'y a aucune raison pour qu'il ne soit pas à ton goût.

La jeune fille n'insista pas. À quoi bon ? M. Drayton venait de souligner qu'elle était libre. Elle savait bien ce que cela signifiait !

« J'ai toute la liberté que je veux, à condition, toutefois, que mes désirs n'aillent pas à l'encontre de ce que mon père a décidé. »

Déjà, elle prévoyait un conflit. Car elle n'avait pas oublié ce que lui avait dit Frank à propos du marquis :

— C'est un homme pétri d'orgueil et d'arrogance, il se croit au-dessus de tout le monde. Il s'imagine que toutes les femmes rêvent de devenir marquise. Dès le premier instant, il vous regardera avec dédain.

Heureusement encore qu'elle avait été prévenue !

« Demain matin, je reverrai Frank », se dit-elle avec plaisir.

Elle ferma les yeux et le visage du jeune homme s'imposa à elle. Il était très beau avec son front haut, son nez légèrement aquilin, son menton volontaire et ses cheveux sombres qui s'ébouriffaient dans le vent.

La jeune fille se mordit la lèvre inférieure. Si son père pouvait deviner le tour qu'avaient pris ses pensées, il serait horrifié. Il ne fallait tout de même pas qu'elle oublie que Frank n'était qu'un domestique !

« Et alors ? » se demanda-t-elle avec une pointe de défi.

Elle se tourna vers M. Drayton.

— J'ai appris beaucoup de choses en Amérique. Par exemple que tous les hommes étaient égaux.

— Voilà une belle idiotie !

— Pas du tout. Ne sommes-nous pas tous nés d'Adam et d'Ève ?

— Entre-temps, il est passé de l'eau sous les ponts. Certains sont arrivés au sommet, d'autres sont restés en bas de l'échelle. Il faut tenir compte de cela.

— Il n'empêche que nous sommes égaux, s'entêta la jeune fille.

— Je voudrais bien savoir qui t'a mis ces idées subversives dans la tête.

— Personne. Il m'a suffi de réfléchir un peu pour parvenir à cette conclusion.

— Eh bien, ne réfléchis pas trop. Parce que si c'est pour débiter de pareilles bêtises…

— Imaginez, père, que je tombe amoureuse d'un homme très bien, mais dépourvu de titre.

M. Drayton sursauta.

— Quoi ?

— Je voudrais être aussi heureuse que maman l'a été avec vous. Les titres et l'argent n'ont rien à voir avec les sentiments. Quant aux mystères de l'amour, ils sont insondables. Mon cœur peut battre pour un duc… comme pour un simple palefrenier.

— Il est hors de question que ma fortune aille à un bon à rien. Ma petite Lexia, mets-toi bien cela dans la tête !

Avec un rire moqueur, il ajouta :

— Quant à tes beaux discours sur l'égalité… Je peux t'assurer qu'on est beaucoup mieux dans un château que dans une masure.

Il jura entre ses dents.

— Sais-tu que tu es très têtue ? Nous avions pourtant déjà discuté à ce sujet ! J'étais persuadé que tu avais compris et oublié cet homme.

— Cet homme ? répéta la jeune fille en fronçant les sourcils. Lequel ?

— Tu te moques de moi ? Je parle de ce clown, ce Wayne Freeman, bien évidemment !

Lexia ouvrit de grands yeux.

— Wayne ?

Six mois auparavant, elle avait fait à New York la connaissance de ce grand Américain au sourire communicatif et au cœur d'or. Il l'amusait avec ses manières de chien fou, mais jamais elle n'aurait eu l'idée de l'épouser. Pas plus qu'il n'aurait eu l'idée de la demander en mariage. C'était aussi pour cela qu'elle appréciait tant sa compagnie. Elle se sentait à l'aise avec lui, le considérant un peu comme le grand frère qu'elle regrettait tant de ne pas avoir eu.

À l'époque, elle avait tenté d'expliquer cela à son père. Mais M. Drayton, qui ne l'avait pas crue, n'avait cessé de lui faire la leçon. Et il recommença :

— Tu n'aurais pas été heureuse avec lui.

— Père, je n'ai jamais...

— Wayne Freeman n'est pas assez policé, pas assez sophistiqué pour toi. On peut le comparer à... à un diamant brut.

— Un diamant brut ? Pas mal ! ne put s'empêcher de riposter la jeune fille.

Et elle se sentit obligée de prendre la défense de son ami :

— Wayne est un homme très bien. Un homme dont pourrait être fière n'importe quelle femme, et...

— Je t'ai déjà dit d'oublier ton Wayne ! Tu ne l'épouseras pas, et point final.

— Plutôt lui que cet horrible marquis.

— Cela suffit ! Je ne tolérerai plus un mot à ce sujet. Ah, j'ai bien fait de te ramener en Angleterre ! Il était temps !

Cette fois, la jeune fille demeura silencieuse. Elle regrettait déjà de s'être opposée à l'auteur de ses jours. Elle n'était guère diplomate ! Pourquoi avait-elle pris la défense de Wayne avec une telle ardeur ? Son père, qui la croyait déjà amoureuse de lui, allait maintenant penser qu'elle ne parvenait pas à l'oublier.

La voiture franchit une grille impressionnante en fer forgé, ornée d'entrelacs dédorés, avant de remonter une large allée bordée de chênes centenaires.

Là-bas, se détachant sur un écrin de verdure, s'élevait l'altière silhouette du château de Wimborton. Ce superbe bâtiment se reflétait dans un grand lac scintillant sous le soleil.

« Je me demande comment j'ai pu arriver jusqu'à ce lac hier, se dit Lexia. Il n'y a donc pas de clôture pour séparer le parc des bois ? À moins que ce ne soit ce mur bas à moitié écroulé que Skylark a franchi d'un bond ? »

La jeune fille, qui ne savait pas grand-chose de l'architecture anglaise, aurait été incapable de préciser que le château de Wimborton avait été construit trois siècles auparavant, dans un style classique très pur.

Tout ce qu'elle savait, c'était que les lignes élégantes de ce bâtiment lui plaisaient infiniment. Elle était sensible à la majesté qui s'en dégageait. Son intuition lui disait que cette merveilleuse demeure avait tenu sa place dans l'histoire de la région, et peut-être même dans l'histoire du pays.

« Comme j'aimerais habiter ici ! » pensa-t-elle.

Elle se raidit. Aurait-elle déjà oublié que pour vivre dans un tel endroit, il lui faudrait perdre sa liberté et épouser un homme qu'elle ne connaissait peut-être pas encore, mais qu'elle détestait déjà ?

La sensation d'un danger imminent la submergea. Si elle s'était écoutée, elle aurait sauté de la voiture et regagné Highcliffe au pas de course.

Mais il était trop tard pour reculer. Déjà, la voiture s'arrêtait devant le perron. Un majordome apparut, suivi par un valet en élégante livrée vert foncé à galons d'or. Une livrée quelque peu usée, remarqua tout de suite Lexia.

M. Drayton sortit le premier de voiture et tendit la main à sa fille pour l'aider à descendre.

Tous deux gravirent les marches du perron.

— Pouvez-vous annoncer M. et Mlle Drayton ? dit le père de Lexia.

Le majordome s'inclina très légèrement.

— Je vais prévenir milord de votre arrivée, monsieur.

« Si mon père était duc, il s'aplatirait probablement jusqu'à terre », pensa Lexia avec ironie.

M. Drayton admirait le vaste hall au bout duquel s'élevait un splendide escalier à double révolution.

C'était somptueux. Mais le manque d'entretien se faisait visiblement sentir. Il aurait fallu repeindre les boiseries, changer le papier peint qui partait par endroits en lambeaux, replâtrer les plafonds lézardés.

Lexia contemplait les portraits qui couvraient les murs. Il s'agissait vraisemblablement des portraits des ancêtres du marquis actuel. Il y avait des dames en robes à vertugadin ou à paniers, avec des fraises empesées. Des messieurs en perruque poudrée, d'autres en redingote de satin et bas de soie.

La jeune fille, qui examinait attentivement chacun de ces tableaux, fronça les sourcils. C'était très curieux, mais elle avait l'étrange impression de connaître tous ces hommes morts et enterrés depuis déjà bien longtemps.

Elle se tourna vers un valet et lui montra l'une des toiles.

— Savez-vous qui est ce monsieur ?

— Oui, mademoiselle. Il s'agit du quatrième marquis, Francis Bernard Charles.

— Et celui-ci ?

— C'est le cinquième marquis, mademoiselle. Francis Michael Andrew.

— Le quatrième et le cinquième marquis portaient le même prénom ?

— Tous les marquis de Wimborton s'appellent Francis, mademoiselle.

— Vraiment ? murmura-t-elle d'une voix mal assurée.

Elle tenta de se persuader qu'une telle coïncidence ne signifiait rien. Les aristocrates anglais n'avaient-ils pas la réputation de séduire toutes les villageoises de leur domaine ? Par conséquent, on devait trouver dans la région beaucoup de jeunes gens ayant hérité d'un physique semblable à celui des châtelains. Et qui pouvait empêcher une fermière de baptiser son fils Francis ? Personne.

Elle en était là de ses réflexions quand l'actuel marquis de Wimborton s'avança vers eux, souriant, les mains tendues.

Les pires craintes de la jeune fille se confirmèrent. Le marquis n'était autre que Frank.

3

Le marquis salua tout d'abord M. Drayton.

— Monsieur mon voisin, je suis très heureux de faire enfin votre connaissance.

— Tout le plaisir est pour moi. Milord, permettez-moi de vous présenter ma fille Lexia.

Pendant que Francis de Wimborton s'inclinait devant la jeune fille, un valet prenait le chapeau et les gants de M. Drayton. Le marquis en profita pour s'emparer des mains de la jeune fille.

— J'attendais avec impatience le moment de vous revoir, dit-il à mi-voix.

Elle lui adressa un coup d'œil meurtrier.

— Je veux bien le croire. D'ailleurs, je serais prête à parier là-dessus mon dernier bouton de culotte !

— Votre dernier... Je n'ai encore jamais entendu cette expression.

— On voit que vous ne me connaissez pas encore !

— Il s'agit d'une expression américaine ?

— Oui, et j'en connais d'autres plus imagées, plus percutantes, peut-être.

— Charmant !

— Je ne me sens pas du tout d'humeur charmante en ce moment.

— Vous êtes fâchée ?

— Le mot est faible. Si j'en avais la possibilité, savez-vous ce que je ferais ?

Il feignit d'être effrayé.

— Ne me le dites pas !

— Je vous jetterais dans un chaudron d'huile bouillante, déclara Lexia avec une satisfaction sadique.

— Quelle cruauté ! fit le marquis en riant. Mais avouez, ma jolie voisine, que grâce à notre rencontre fortuite, nous nous connaissons maintenant très bien.

— J'aurais été infiniment plus contente si cette rencontre n'avait jamais eu lieu.

— Le destin a voulu que nos chemins se croisent, et...

— Et maintenant, nous n'avons plus rien à nous dire, coupa-t-elle.

— De toute manière, mieux vaut que nous cessions de discuter, car votre père nous regarde avec un visible étonnement. Venez donc faire la connaissance des quelques personnes que j'ai invitées à prendre le thé.

Il y avait là le lord-maire et sa femme, des gens déjà âgés, ainsi que deux vieilles demoiselles vêtues de noir.

— Ma tante Lettice et ma tante Phyllis, dit le marquis. Elles sont sœurs.

— Nous ne sommes pas les tantes de Francis... commença la première.

— ... mais ses grand-tantes, termina l'autre.

Elles vivaient dans la maison des douairières, au fond du parc. Lexia devina sans peine qu'elles étaient très pauvres et que si le marquis ne leur avait pas offert l'hospitalité, elles n'auraient pas su où aller.

À première vue, le grand salon où était servi le thé paraissait somptueux. La jeune fille admira sans réserve les lustres en cristal, le plafond à caissons, les superbes tapis, les meubles anciens et les tableaux de maître.

— Quelle jolie pièce ! s'exclama-t-elle avec élan.

— Merci, firent ensemble les deux sœurs, prenant le compliment pour elles.

Très vite, Lexia ne put s'empêcher de remarquer que les doubles rideaux étaient usés jusqu'à la corde et que les tapis d'Aubusson avaient grand besoin d'être nettoyés.

Phyllis et Lettice se mirent en devoir de servir le thé. Il était accompagné par d'excellents gâteaux et d'appétissants canapés au saumon fumé et au foie gras.

« Tout cela n'est pas très logique. Le marquis n'a pas d'argent, mais il n'hésite pas s'offrir du saumon fumé et du foie gras ! » pensa Lexia.

Avec ironie, elle se dit ensuite que l'on n'attrapait pas de mouches avec du vinaigre. Ni de poissons sans un bon appât.

Jamais elle n'avait vu une aussi jolie tasse que celle qu'on lui présenta. Peinte à la main de fleurs couleur pastel, avec sa décoration dorée assortie à celle de la soucoupe, cette tasse aussi légère qu'un souffle était une merveille ! Oubliant sa méfiance, elle s'extasia.

— Comme c'est joli !

— Ce service en porcelaine de Dresde a été offert en cadeau de mariage à notre arrière-grand-mère en 1750, dit Lettice.

— Non, c'était en 1752, corrigea sa sœur.

— Tu as raison. C'était bien en 1752.

Les deux sœurs, ainsi que le lord-maire et sa femme, posèrent ensuite mille questions sur l'Amérique à M. Drayton. Ils semblaient tous fascinés par le Nouveau Monde.

Le marquis se leva.

— Voyez-vous un inconvénient à ce que je fasse visiter le château à votre fille ? demanda-t-il à son invité.

M. Drayton n'allait certainement pas dire non ! Quant à Lexia, elle ne pouvait pas refuser sous peine de paraître fort impolie. Bon gré, mal gré, elle fut bien obligée de suivre leur hôte. Celui-ci attendit qu'ils aient quitté le salon pour déclarer :

— Vous êtes toujours fâchée contre moi.

— Cela vous étonne ?

— Me permettez-vous de vous féliciter pour votre apparence ?

Se souvenant qu'il l'avait lui-même encouragée à s'habiller avec beaucoup d'élégance, elle serra les dents.

— Je suis très heureux de constater que vous avez suivi mes conseils, ajouta-t-il avec satisfaction.

Elle se tourna vers lui, rouge de colère.

— Vous êtes odieux ! Comment osez-vous me parler ainsi ?

— Je vous complimentais, tout simplement !

— Pas du tout. Vous continuez à vous moquer de moi. D'ailleurs, vous n'avez pas cessé depuis qu'un malencontreux hasard nous a mis en présence.

— Je dirais, moi, un bienheureux hasard.

— Vous auriez dû m'apprendre immédiatement qui vous étiez.

— Si cela avait été le cas, je n'aurais jamais su que vous me preniez pour un être haïssable. Un horrible individu que vous méprisiez cordialement, sans même le connaître.

La rougeur de la jeune fille s'accentua encore.

— Vous m'avez dupée. Vous ne vous êtes pas conduit comme un véritable gentleman.

— Et vous ? Vous conduisiez-vous comme une demoiselle bien élevée ? En connaissez-vous beaucoup qui s'habillent comme un homme pour monter à califourchon ?

— Cela vous choque ?

— Personnellement, non. Mais il faut respecter certaines conventions. Sinon, où irait le monde ?

Avec ce sourire qui le faisait paraître encore plus séduisant, il enchaîna :

— Quoi qu'il en soit, si nous n'avions pas eu l'occasion de nous rencontrer dans les circonstances que vous savez, jamais nous n'aurions eu l'opportunité de savoir ce que nous pensions l'un de l'autre.

— Je ne suis pas mécontente d'avoir appris ce qui se cachait derrière votre masque d'aristocrate distingué, fit la jeune fille avec dédain. Vous n'êtes qu'un tricheur, un menteur...

— Et un terrible coureur de dot, termina-t-il avec bonne humeur. Vous étiez prévenue, non ? Quand on voit l'état du château, on peut comprendre que j'aie besoin d'argent.

— Il n'empêche que, en dissimulant votre identité, vous vous êtes conduit comme un homme sans scrupules.

— Ce que je suis.

— Vous vous moquez de tout, même de vous-même !

— Cela vaut mieux. Je n'allais tout de même pas vous donner le plaisir de m'écraser sous le talon de votre bottine, comme vous me l'avez annoncé avec un plaisir sadique !

— Je regrette beaucoup de ne pas pouvoir le faire.

Il éclata de rire.

— Quel caractère ! Je parie que, en ce moment, vous nourrissez de terribles désirs de vengeance...

— Oui, coupa-t-elle. J'espère bien trouver le moyen de me venger de l'individu qui m'a tournée en ridicule.

— Pas du tout. Je ne vous ai donné que de bons conseils. Mais venez donc visiter le château !

Ils passèrent d'une pièce à l'autre. Elles se trouvaient toutes, sans exception, dans un état déplorable : la salle de bal comme le salon de musique, l'immense salle à manger ou l'autre, de dimensions réduites, où l'on servait les petits-déjeuners.

— Il faudrait une fortune pour restaurer cette demeure, conclut le marquis.

Et, d'un ton sarcastique :

— Auriez-vous, par hasard, une riche héritière à me présenter ?

— Elles ne poussent malheureusement pas sur les branches des arbres du verger, milord.

— Dommage ! La seule que je connaisse est une étrange créature qui rêve de me faire tomber sur le sol à grands coups d'ombrelle afin de mieux m'écraser sous ses talons.

Lexia imagina la scène et eut toutes les peines du monde à garder son sérieux.

— Ne désespérez pas, fit-elle avec amusement. Vous ne devriez pas avoir de mal à trouver une demoiselle fortunée.

— Je le sais ! Je sais aussi qu'une seule chose les intéresse : mon titre. Moi, elles ne me voient pas vraiment.

— Je connais cela, soupira la jeune fille. Les jeunes gens ne me voient pas non plus. Ils ne s'intéressent qu'à l'argent de mon père.

Après avoir fait visiter à Lexia la plupart des pièces du rez-de-chaussée, le marquis déclara :

— Les autres vont se demander où nous sommes passés. Il faut maintenant aller les retrouver.

Il fit la grimace avant d'ajouter à mi-voix :

— J'ai l'intuition que nous sommes en train de penser la même chose.

— Cela ne m'étonnerait pas.

— Ils vont nous regarder d'un air spéculateur dès que nous entrerons...

— Exactement ! Ils vont tenter de deviner ce que nous avons bien pu nous dire.

— Ils échangeront des sourires entendus.

Lexia se mordit la lèvre inférieure presque au sang.

— Même si nous nous efforçons de rester impassibles, ils chercheront des indices. Et s'ils n'en trouvent pas, ils les inventeront. Que faire ?

Ils étaient revenus dans le hall. Arrivé à la porte du salon, Francis de Wimborton marqua un temps d'arrêt.

— Oui, que faire ?

— Nous pourrions nous disputer ? suggéra Lexia.

— Ils interpréteront cela comme une querelle d'amoureux. Je n'ai aucune illusion : quelle que soit la manière dont nous nous comporterons, ils ne croiront que ce qu'ils voudront bien croire.

— Que faire ? redemanda Lexia.

— Les ignorer.

Comme ils l'avaient prévu, tous les regards se tournèrent vers eux lorsqu'ils entrèrent. Puis chacun se détourna, feignant de ne pas paraître intéressé.

— Un peu plus de thé ? proposa Phyllis.

— Volontiers, répondit la jeune fille.

Sa tasse était encore presque pleine, mais Phyllis eut assez de tact pour ne pas en faire la remarque. L'atmosphère paraissait soudain pesante. Ce fut ce moment-là que choisirent le lord-maire et sa femme pour prendre congé.

— Excusez-moi, Wimborton, dit le lord-maire à son hôte. Mais, comme je vous l'avais dit, il m'est impossible de rester plus longtemps. En effet, j'attends mon notaire. Celui-ci m'a promis d'être là à six heures et, le temps de rentrer, je crains déjà d'arriver en retard.

Voyant que M. Drayton s'apprêtait à partir, lui aussi, Lettice et Phyllis s'écrièrent d'une même voix :

— Je vous en prie, restez un peu plus.

À peine le lord-maire et sa femme étaient-ils sur le seuil du salon que le majordome arriva.

— Lady Overton, milord, annonça-t-il.

Le marquis parut surpris : de toute évidence, il n'attendait pas cette visite.

Une femme élégante d'une trentaine d'années apparut. Dès qu'elle aperçut le marquis, elle se précipita sur lui comme un oiseau de proie.

— Mon cher Francis ! Je suis si heureuse de vous trouver chez vous. Sinon, je vous aurais laissé une carte de visite, bien évidemment. Je viens vous inviter à la soirée que je donne lundi prochain. J'aurai beaucoup de monde, dont quelques amis qui reviennent tout juste de Paris. Dites-moi que vous serez des nôtres !

— Avec le plus grand plaisir. Ma chère Oriane, vos réceptions sont parmi les plus courues de la région.

— Vous êtes trop gentil !

Lady Overton se tourna alors vers le lord-maire et sa femme.

— J'espère que vous êtes libres lundi. Je vous attends !

Elle feignit de ne pas voir Phyllis et Lettice, ce qui ne parut pas surprendre ces dernières. Elles ne devaient pas avoir l'habitude d'être conviées aux réceptions organisées dans le voisinage.

— Je ne sais pas, ma chère Oriane, si vous avez déjà eu l'occasion de rencontrer les nouveaux locataires de Highcliffe : M. Drayton et sa fille Lexia, dit le marquis.

Lady Overton examina la jeune fille de la tête aux pieds.

— Vous êtes donc cette demoiselle dont tout le monde parle dans la région ?

Lexia se sentit rougir. Pourquoi parlait-on d'elle ? Aurait-on découvert comment elle s'habillait pour monter à cheval ? La suite du discours de lady Overton la rassura :

— Il n'est plus question que de la charmante personne qui nous arrive tout droit de l'Amérique !

Tout en parlant d'un ton léger, elle ne cessait de scruter la jeune fille. Lexia, qui ne manquait pas de perspicacité, devina qu'elle représentait une menace pour cette femme. De quelle manière ? Cela restait à découvrir.

— J'espère que vous me ferez l'honneur d'assister, ainsi que votre fille, à la petite réception que je donne lundi prochain, dit-elle à M. Drayton.

Ce dernier s'inclina.

— Ce sera avec le plus grand plaisir. J'ai d'ailleurs l'intention, moi aussi, d'organiser prochainement quelques soirées à Highcliffe.

— Voilà une excellente idée. Les précédents locataires, des gens ennuyeux comme la pluie, ne recevaient jamais personne.

— Cela va changer, assura M. Drayton.

— Tant mieux !

Là-dessus, lady Overton se tourna vers le marquis.

— Ma sœur Maggie vient spécialement de Londres pour assister à ma petite fête. Elle adore danser avec vous !

Sans beaucoup de diplomatie, elle insista :

— Il faut dire que vous formez un très beau couple. J'ai déjà retenu un bon orchestre ! Je tiens à ce que ma soirée soit réussie.

— Toutes vos soirées sont réussies, assura le marquis avec courtoisie.

— Maggie me parle de vous dans chacune de ses lettres. Elle a hâte de vous revoir.

— Cela me fera très plaisir, à moi aussi, de revoir votre sœur, ma chère Oriane.

Lady Overton adressa un bref coup d'œil en coin à Lexia, un peu comme si elle tenait à s'assurer que la jeune fille avait bien compris que cette Maggie prenait beaucoup de place dans la vie du marquis.

— Votre charmante fille va certainement avoir beaucoup de succès, dit-elle à M. Drayton. Tous les jeunes gens vont s'empresser autour d'elle.

« Et de cette manière, cette chère Maggie aura le champ libre ! » pensa Lexia avec amusement.

Car elle était loin d'être dupe des petites machinations de lady Overton ! Le marquis en était-il seulement conscient ?

« C'est bien le cadet de mes soucis », se dit-elle.

— Maintenant, il faut que je me sauve, reprit lady Overton. Je passais seulement en coup de vent... À lundi, donc.

Elle mit sa main devant sa bouche.

— Oh, j'allais oublier ! Francis, je vous attends demain pour dîner.

En minaudant, elle ajouta :

— Ce sera une petite réunion : seuls nos amis les plus proches seront là.

Le marquis hésita. Lexia comprit sans peine les raisons de sa gêne. La simple courtoisie aurait voulu que lady Overton évite de parler de ce dîner devant des personnes qui n'y étaient pas conviées.

Comment allait-il se tirer de cette délicate situation ? Ce fut avec intérêt qu'elle attendit sa réponse.

— Je suis déjà pris demain, déclara-t-il. Ce dont vous me voyez navré.

— Quel dommage ! Mon mari et moi comptions absolument sur vous ! Chez qui allez-vous donc ?

Une question aussi directe demandait une réponse tout aussi directe.

— M. Drayton a eu la gentillesse de me proposer de dîner à Highcliffe.

Lady Overton eut beaucoup de mal à retrouver son sourire.

— Puisque vous aviez déjà un engagement, je comprends que...

Elle s'interrompit brusquement.

— Mais pourquoi M. Drayton et sa fille ne viendraient-ils pas chez moi ? Cela arrangerait tout le monde !

Avec un petit rire qui sonnait faux, elle enchaîna :

— Moi la première.

— Voilà une excellente idée, assura le marquis.

— Vous êtes trop bonne, milady. Merci infiniment, s'empressa de dire M. Drayton avant qu'elle ne change d'avis.

Elle lui adressa un coup d'œil dépourvu d'aménité. Mais le regard qu'elle posa ensuite sur Lexia était presque haineux.

— Il faudra que je fasse ajouter deux couverts de plus. J'espère pouvoir m'en tirer sans trop de difficultés.

Son sourire était plus pincé que jamais.

— Vous serez les bienvenus, naturellement. Maintenant, il faut absolument que je parte ! À demain !

Déjà, elle était à la porte. Le marquis la lui ouvrit.

— Je vous ai dit, n'est-ce pas, que j'attendais prochainement ma sœur Maggie ? lui rappela lady Overton. Elle est devenue encore plus jolie. Vous ne pouvez pas vous imaginer le succès qu'elle a dans les salons londoniens !

Après le départ de la visiteuse, Francis de Wimborton esquissa un sourire moqueur.

— Lady Overton est assez autoritaire, comme vous avez pu le remarquer. Elle veut tout mener... avec les meilleures intentions du monde.

Il adressa à M. Drayton un coup d'œil confus.

— Excusez-moi d'avoir prétendu être invité à Highcliffe. C'est le seul prétexte qui m'est venu à l'esprit pour éviter d'aller chez elle demain.

— Vous y êtes bien obligé maintenant, puisqu'elle a trouvé la parade en nous proposant de nous joindre à vous.

— Aller là-bas en votre compagnie, cher monsieur Drayton ? Mais ce sera un plaisir !

Il s'adressait peut-être à son locataire, mais en réalité, c'était Lexia qu'il regardait.

— Je ne sais même pas où cette dame habite, murmura le père de Lexia.

— Ne vous inquiétez pas pour cela : nous irons donc tous les trois ensemble à Overton. Vous verrez, c'est un très joli manoir ancien. Je passerai vous prendre à Highcliffe vers six heures et demie, si du moins cela vous convient.

M. Drayton était au septième ciel.

— Vous pensez que cela nous convient !

Un peu plus tard, dans la voiture, il ne cachait pas sa joie.

— Tout marche comme sur des roulettes ! assura-t-il en se frottant les mains.

— Ne vous réjouissez pas trop vite, père. Il y a une certaine Maggie sur les rangs...

— Peuh ! Ce n'est pas cette Maggie qui me fait peur. Les choses sont en bonne voie, te dis-je. D'ici à ce que tu deviennes marquise, il n'y a qu'un pas.

— Père ! fit la jeune fille à mi-voix. Pas si fort !

Elle désigna le dos du cocher.

— Il écoute tout ce que vous dites.

— Et alors ? Un cocher bien stylé sait immédiatement oublier ce qu'il a pu entendre.

Si Francis de Wimborton avait un véritable ami au monde, c'était bien son valet, Jenkins.

Cet homme d'une cinquantaine d'années que rien ne semblait pouvoir perturber avait été au service du défunt marquis. À la mort de ce dernier, il avait immédiatement pris les mêmes fonctions auprès du nouveau marquis.

Francis de Wimborton avait toute confiance en lui et n'hésitait pas à lui parler franchement. Car Jenkins, avec son âge, son expérience et sa discrétion, était d'excellent conseil.

— Vous savez que j'ai reçu cet après-midi la visite du nouveau locataire de Highcliffe ? lui demanda le marquis, tout en se préparant pour la nuit.

— Je suis au courant, milord. Un millionnaire ! Tout le monde, sur le domaine, aimerait bien vous voir épouser une riche héritière.

— Beaucoup de gens semblent avoir intérêt à ce mariage, apparemment. Sauf la demoiselle en question !

— Hélas, c'est bien le problème, milord !

Le marquis tressaillit.

— Comment se peut-il que vous soyez au courant ?

— Je sais, milord, que la demoiselle en aime un autre.

— Quoi ? Ce n'est pas possible ! Que racontez-vous là, Jenkins ?

— Je vous répète ce que l'on m'a dit, milord.

— Expliquez-vous un peu mieux.

Jenkins rassembla ses esprits.

— Vous savez, milord, ou peut-être ne le savez-vous pas, que Jack, le cocher des Drayton, fait la cour à ma nièce Sally, qui est femme de chambre ici...

— Je suis au courant du fait que Sally est femme de chambre au château ! coupa le marquis avec impatience. Mais j'ignorais que le cocher des Drayton s'intéressait à elle.

Il haussa les épaules.

— Et je me demande en quoi les histoires de cœur de votre nièce ont quelque chose à voir avec celles de Mlle Drayton !

— C'est pourtant simple, milord. Jack a raconté à Sally que M. Drayton et sa fille avaient eu une terrible dispute dans la voiture qui les amenait ici.

— Au sujet de l'homme qu'aime Mlle Drayton ?

— Exactement, milord. Il s'appelle Wayne Freeman. C'est un Américain et Mlle Drayton est follement amoureuse de lui. Mais M. Drayton considère ce Wayne Freeman comme un clown.

— Un clown !

— C'est cela. Jamais il n'acceptera que sa fille l'épouse. Il n'a pas voulu qu'elle reste une minute de plus en Amérique et l'a ramenée de force en Angleterre.

— Est-ce possible ?

— M. Drayton veut que sa fille oublie M. Wayne Freeman.

Le visage du marquis demeurait impassible.

— Mais si elle n'y arrive pas ?

— Jamais elle n'y parviendra, milord. Cet Américain est l'homme de sa vie. Elle ne cesse de pleurer désespérément, et elle dit qu'elle aimerait mieux mourir plutôt que de devoir en épouser un autre.

— Je comprends la situation. Merci, Jenkins.

— Il m'a semblé de mon devoir de vous mettre au courant, milord.

— Merci, Jenkins, répéta le duc. Je n'ai plus besoin de vous maintenant. Bonsoir.

— Bonne nuit, milord.

Resté seul, le marquis se mit au lit et souffla les bougies. Des bougies, oui ! Car, faute d'argent, la fée électricité n'avait pas encore été installée au château.

Il resta longtemps allongé, sans toutefois parvenir à trouver le sommeil. En soupirant, il se leva et alla s'accouder à la fenêtre. Songeur, les sourcils froncés, il contempla le parc mal entretenu que la lune baignait d'une lueur argentée presque fantasmagorique.

Ainsi, Lexia était amoureuse d'un Américain !

L'une des phrases prononcées par son valet l'avait particulièrement frappé :

Elle aimerait mieux mourir plutôt que de devoir en épouser un autre.

Ces mots ne cessaient de résonner à ses oreilles. Et comme il ignorait tout de la conception romantique qu'avait Sally de l'amour, pas une seconde il ne se dit qu'il y avait une certaine exagération dans les révélations que venait de lui faire Jenkins.

Le lendemain matin, Francis alla monter à cheval de l'autre côté du lac, dans l'allée où Lexia avait promis de le retrouver.

Il était venu là par acquit de conscience. Mais en réalité, il savait que, après le vilain tour qu'il lui avait joué, il y avait peu de chances pour qu'il la revoie en dehors des réceptions où ils seraient forcément amenés à se rencontrer.

Aussi, quand il la vit apparaître de loin, il ne put s'empêcher de sourire. Car, il l'admettait maintenant, il aurait été très déçu si elle ne s'était pas montrée.

Elle l'aperçut et agita la main. Comme l'avant-veille, elle était vêtue en garçon et ses cheveux étaient cachés sous sa casquette en tweed.

Quant au marquis, il était habillé de la même manière que lorsqu'elle l'avait vu pour la première fois. Il abaissa les yeux sur son vieux pantalon en velours côtelé et ses bottes boueuses.

« Rien d'étonnant à ce qu'elle m'ait pris pour un domestique ! » se dit-il avec ironie.

Il admira la manière dont montait la jeune fille. C'était avec une rare économie de mouvements qu'elle maîtrisait ce cheval qui ne devait pas être des plus faciles.

— Allons par là.

Ils partirent au galop, côte à côte. Lexia n'avait peur de rien. Aucun obstacle ne l'arrêtait : que ce soit la plus haute des barrières ou le plus profond des fossés. Et dès que Francis accélérait son allure, elle en faisait autant.

Quel plaisir de monter en compagnie d'une aussi bonne cavalière !

— Formidable ! s'écria la jeune fille lorsqu'ils s'arrêtèrent enfin dans une clairière. Skylark avait besoin de se détendre... et moi aussi.

— Vous pensiez me retrouver ce matin ?

— Pas vraiment. Je l'espérais un peu, mais je me disais que vous n'oseriez peut-être pas vous montrer.

— Je ne suis pas un lâche ! protesta-t-il. N'avions-nous pas décidé de nous revoir aujourd'hui ?

— Oui. Mais certains événements auraient pu vous en dissuader.

Elle respira à pleins poumons avant d'ajouter :

— Je suis contente que vous soyez venu. Si vous saviez comme j'ai besoin de parler à quelqu'un !

— Moi aussi.

Ils mirent pied à terre et laissèrent leurs chevaux boire l'eau du ruisseau qui cascadait entre les fougères avant de se jeter dans le lac.

— Oh, là, là ! s'exclama Lexia en s'asseyant sur un tronc moussu. Je commence à en avoir assez ! Depuis qu'il a fait votre connaissance, mon père ne cesse de chanter vos louanges.

Avec une grimace, elle ajouta :

— C'est bien simple : il vous trouve extraordinaire !

— J'espère que vous lui avez dit que c'était loin d'être le cas.

— J'ai essayé, mais il ne veut rien entendre. Il ne peut pas comprendre que je dise du mal d'un homme qui nous a si aimablement reçus.

— La prochaine fois, je serai moins courtois, promit-il.

— Vous aurez du mal. Vous êtes d'une exquise politesse et vous n'y pouvez rien : c'est dans votre nature.

— Merci.

Avec amusement, Francis examina la jeune fille.

— Votre père sait-il que vous êtes sortie dans cette tenue ?

— À Dieu ne plaise ! Il me hacherait menu... Comme il devait retourner voir son banquier en ville, j'en ai profité pour troquer mon amazone de demoiselle bien élevée contre cette culotte de garçon manqué.

Dans un éclat de rire, elle poursuivit :

— Je lui ai dit que je devais monter avec vous ce matin. Il a trouvé cela très bien et, comme vous pouvez l'imaginer, il n'a élevé aucune objection quand j'ai décidé que je n'avais pas besoin d'être accompagnée par un groom.

Elle lui adressa un coup d'œil rancunier entre ses longs cils.

— Mais ce n'est pas le marquis que je suis venue voir. C'est mon ami Frank.

— Vous êtes toujours en colère contre lui ?

— Contre le marquis, oui. Contre Frank ? Je ne peux pas me le permettre : c'est mon seul ami.

Avec ironie, elle ajouta :

— Et c'est aussi mon espion dans l'autre camp. Il doit avoir des choses intéressantes à me raconter. Que s'est-il passé après notre départ ?

Entrant dans le jeu, il répondit :

— Les grands-tantes du marquis vous ont trouvée charmante et n'ont cessé de le répéter sur tous les tons.

— Cela devait agacer cet individu pétri d'orgueil et d'arrogance.

Voyant que le marquis s'apprêtait à protester, elle s'écria :

— C'est vous-même qui l'avez décrit ainsi, Frank !

Il éclata de rire.

— Je peux dire que cet individu pétri d'orgueil et d'arrogance vous a lui-même trouvée fort sympathique.

— Voilà qui est gentil de sa part. Savez-vous, Franck, que j'éprouve une certaine compassion pour ce pauvre homme qui se trouve obligé d'épouser une héritière s'il veut remettre son domaine en état ?

— Il sait que c'est son devoir.

— Vous croyez qu'une femme aimerait savoir qu'on l'épouse par devoir ?

La jeune fille parut soudain inquiète.

— Frank, il faut que nous soyons très prudents. Car si nous ne nous méfions pas, nous risquons de nous retrouver devant l'autel avant même d'avoir compris ce qui nous arrive.

— Je ne suis pas assez bête pour me laisser prendre dans un pareil piège.

— C'était ce que je me disais, moi aussi, soupira-t-elle. Maintenant, je suis beaucoup moins sûre de moi. En effet, la détermination de mon père est telle que je crains de ne pas pouvoir lui résister.

— Serait-il autoritaire ?

— Très. Il ne peut pas supporter d'être contredit. Mais si vous êtes aussi déterminé que moi pour éviter ce mariage, et si nous unissons nos efforts, il y a de l'espoir.

Il la regarda d'un air pensif.

— Qu'espérez-vous ? murmura-t-il. Être un jour avec celui que vous aimez ?

— Celui que j'aime ? interrogea-t-elle avec stupeur.

— Wayne Freeman.

La jeune fille était tellement interloquée qu'elle demeura pendant quelques instants sans voix.

— Qui vous a parlé de lui ? demanda-t-elle enfin.

— Tout se sait. Les domestiques s'intéressent beaucoup à la vie de leurs maîtres. Ils entendent des conversations et s'empressent de les raconter.

— Qu'avez-vous exactement appris ?

— Que vous êtes amoureuse d'un certain Wayne Freeman et que votre père, qui ne veut pas que vous l'épousiez, a mis l'Océan entre vous.

— Ce n'est pas tout à fait cela... commença Lexia.

Il l'arrêta.

— Je vous en prie ! Ne vous sentez pas obligée de me donner d'explications. Votre vie privée ne me regarde pas. Me permettez-vous cependant de vous poser une question ?

— Dites toujours.

— S'il vous était impossible d'épouser celui que vous aimez, seriez-vous désespérée à un point tel que vous songeriez à la mort ?

Lexia ouvrit de grands yeux.

— Moi ? Mourir à cause de Wayne Freeman ?

— On peut mourir d'amour.

Elle haussa les épaules.

— Je vous en prie, cessez de parler de lui comme de l'homme que j'aime !

— Pardon. Je ne fais pas preuve de beaucoup de tact. Je voulais simplement que vous compreniez bien ceci : jamais je ne vous empêcherai d'être heureuse avec celui...

La jeune fille l'interrompit :

— Il n'est pas question d'un mariage entre Wayne et moi.

— Votre père est donc à ce point intransigeant ?

— Oui.

De nouveau, elle haussa les épaules.

— Par ailleurs, je ne sais même pas où se trouve Wayne en ce moment.

— Il n'est pas en Amérique ?

— Il aime beaucoup voyager. Il a quitté New York pour partir je ne sais où. Il se peut très bien qu'il soit en Europe.

— Il vous cherche ?

— Oh, non !

Sans trop savoir pourquoi, cela la gênait de parler de Wayne devant le marquis.

— Ne croyez surtout pas que j'aie le cœur brisé, fit-elle avec un visible effort. J'ai toujours su que je n'épouserai jamais Wayne Freeman.

— J'admire votre courage. Vous n'êtes pas de celles qui pleurnichent...

— Oh, sûrement pas ! coupa Lexia.

— Votre père a piétiné vos rêves, vos espoirs...

De nouveau, la jeune fille l'interrompit :

— Je vous en prie, Frank !

— Votre père semble attacher beaucoup d'importance au statut social. Je suppose que Wayne Freeman n'est pas arrivé en haut de l'échelle ?

— Non, mais il possède certaines qualités. Tout d'abord, il a un cœur d'or. Et ensuite, c'est un excellent danseur.

— Cela ne suffit pas à faire un bon mari.

Les yeux de la jeune fille s'agrandirent démesurément.

— Vous parlez comme mon père !

— Ne dites pas cela. Je suis votre ami. Un véritable ami, insista-t-il. Et si je peux faire quoi que ce soit pour vous aider, n'hésitez pas à vous adresser à moi.

— Volontiers. Mais saurez-vous me protéger ?

— Je ferai de mon mieux. Et de votre côté, j'espère que vous me protégerez !

— Des entreprises d'une certaine Maggie, par exemple ? demanda-t-elle en riant.

— Exactement. Entre elle et sa sœur, lady Overton, je vais avoir affaire à forte partie.

— D'après les sous-entendus pesants de lady Overton, j'ai cru comprendre que vous et sa sœur étiez pratiquement fiancés.

Il lui adressa un regard noir qui la fit s'esclaffer.

— Maggie je-ne-sais-comment n'est-elle pas une beauté exceptionnelle ? interrogea-t-elle.

— Maggie de Millbrook est très jolie, admit honnêtement Francis.

— Alors, où est la faille ? Elle n'est pas suffisamment riche ?

— Elle aura une grosse dot et sa grand-mère, qui possède une belle fortune, lui léguera tout ce qu'elle possède.

— Je ne comprends pas. Si cette Maggie est jolie, si elle a de l'argent... que voulez-vous de plus ?

— Elle ne me plaît pas.

— Pourquoi ?

Il hésita.

— Comment dire ? Elle est trop parfaite, trop policée. Elle dit toujours ce qu'il faut, quand il faut...

— Tout le contraire de moi, quoi ?

— Oui.

Le marquis éclata de rire.

— Ah, ce n'est certainement pas elle qui monterait dans une tenue comme la vôtre !

— Peut-être a-t-elle raison.

— Par ailleurs, elle n'a aucune personnalité, je la trouve ennuyeuse comme la pluie. Quand elle est là, je me sens tellement figé que je n'ose même plus rire.

— Mon pauvre Frank ! N'ayez crainte, je vous tirerai de ses griffes.

— Merci, dit-il en lui prenant les mains.

— N'avons-nous pas promis de nous aider mutuellement ?

— Ce soir, soyez prête à passer un examen. Tout le voisinage sera là. Et les gens sont curieux !

Lexia leva les yeux au ciel.

— Ah, la province !

Avec entrain, elle poursuivit :

— Ne vous inquiétez pas, je vais leur donner de quoi parler.

Ses yeux étincelaient. Soudain inquiet, le marquis murmura :

— Ne les choquez pas !

— Pas de danger. Je serai presque aussi parfaite que l'ennuyeuse Maggie de Millbrook. Que pariez-vous ?

— Pas de pari...

Une lueur ironique passa dans les prunelles du marquis tandis qu'il répétait :

— Non, pas de pari : vous risqueriez de le regretter. Je passerai donc vous prendre à Highcliffe avec votre père à six heures et demie du soir pour vous conduire chez les Overton. Faites-vous très belle pour les snober tous.

— Je serai parfaite, vous dis-je !

4

À six heures et demie, fidèle à sa parole, le marquis arriva à Highcliffe.

Lexia descendait l'escalier juste au moment où il entrait dans le hall. Son père était là, lui aussi. Les deux hommes levèrent les yeux vers elle. Il y avait de l'orgueil dans les prunelles de M. Drayton, et de l'admiration dans celles de Francis de Wimborton.

La jeune fille était bien jolie dans cette robe qu'elle avait achetée à Londres, mais qui venait en réalité de Paris. C'était un modèle en satin bleu pâle orné d'applications en tulle et en velours d'un bleu plus foncé. Elle le portait avec un merveilleux collier tout en diamants et en saphirs. Un bijou de roi que M. Drayton lui avait acheté dans la meilleure joaillerie de New York.

« Lexia Drayton est une femme exceptionnelle, se dit le marquis. Mais je crains que, comme beaucoup d'autres, elle n'ait donné son cœur à un homme qui n'en vaut pas la peine. Je me demande si ce Wayne Freeman l'apprécie à sa juste valeur. »

Il s'en voulut aussitôt de ses pensées. Comment pouvait-il se permettre de juger un homme qu'il n'avait jamais vu et dont il ne savait rien ?

Les mains tendues, il s'avança à la rencontre de la jeune fille. Elle répondit à son sourire avec élan.

Car en cet instant, celui qui se tenait devant elle n'était pas l'horrible marquis, mais son ami Frank.

— Vous êtes... parfaite! murmura-t-il.

M. Drayton les contemplait avec satisfaction. Il devait déjà entendre l'orgue jouer la marche nuptiale, tandis que les cloches de l'église sonnaient à toute volée.

Sa joie ne connut plus de bornes lorsqu'il vit la voiture du marquis, dont les portières étaient ornées d'une discrète couronne et d'un blason tout aussi discret. Il avait toujours rêvé de voyager en semblable équipage. Longtemps, il avait cru cela impossible. Et voilà que son rêve devenait enfin réalité!

En revanche, Lexia n'était nullement impressionnée. Ces hochets de la vanité, qui faisaient tant rêver les jeunes filles, l'avaient toujours laissée de glace.

M. Drayton s'assit en face d'eux et, pendant tout le trajet, les couvrit d'un regard tellement radieux que c'en était gênant. Lexia ne fut pas fâchée d'arriver à destination.

Le manoir des Overton était une très jolie demeure ancienne couverte de vigne vierge et de géraniums grimpants. Dès que la voiture s'arrêta devant le perron, deux valets en livrée et perruque poudrée vinrent ouvrir les portières.

— Passez devant, cher ami, dit le marquis à M. Drayton.

Ce dernier ne protesta pas. Visiblement pénétré de son importance, il gravit les marches du perron, suivi par Francis qui venait d'offrir son bras à Lexia.

Si les yeux de lady Overton avaient été des revolvers, la jeune fille aurait été foudroyée sur place. La maîtresse de maison se reprit bien vite. Elle accueillit les Drayton avec une amabilité de commande avant de les présenter à ses invités. Tout le monde avait forcément entendu parler des millionnaires qui s'étaient récemment installés à Highcliffe et, très vite, les jeunes gens entourèrent Lexia.

Cette dernière, qui avait l'habitude de ce genre de situation, savait comment jouer son rôle de riche héritière charmante. Et comme la plupart de ceux qui se pressaient autour d'elle étaient aussi amusants que séduisants, elle décida de ne pas bouder son plaisir.

— Pour une personne ayant grandi en Amérique, elle n'est pas trop mal élevée, dit lady Overton au marquis d'un air pincé. Certes, elle manque de vernis social.

Avec un sourire indulgent, elle conclut :

— Elle est nature, dirons-nous.

— Et si riche ! ajouta Francis. Voyez ! Lord Charles, le vicomte Ferdinand, le baronnet Augustus... Tous ceux qui ont besoin d'argent sont déjà à ses pieds.

— Ce sont de bons partis.

— Je ne crois pas que M. Drayton serait de votre avis.

— Lord Charles est un bel homme.

— Ce qui ne l'empêche pas d'être d'une rare stupidité. Lexia a déjà dû s'en apercevoir : elle est extrêmement intelligente.

— Croyez-vous ? demanda lady Overton d'un air de doute.

Sans attendre la réponse, elle s'empressa de changer de sujet de conversation :

— J'ai une surprise pour vous !

— Ah, oui ? murmura le marquis, déjà méfiant.

— Une splendide surprise ! Ah, vous ne vous attendiez sûrement pas à *la* voir ce soir. Elle est arrivée sans prévenir mais je lui ai demandé de ne pas se montrer tout de suite, pour ménager ses effets. La voilà !

Deux valets ouvrirent en grand les portes du salon et une jeune fille vêtue de mousseline de soie blanche apparut. Il aurait suffi de lui couvrir la tête d'un voile pour qu'elle ait l'air d'une mariée.

C'était, bien évidemment, la sœur de lady Overton. La fameuse Maggie de Millbrook !

« Quelle entrée théâtrale, pensa Lexia avec amusement. Il ne manque que les roulements de tambour et les sonneries de trompette ! »

Avec curiosité, elle examina la nouvelle venue. Oui, elle était vraiment très belle. Mais sa froide perfection était celle d'une statue de marbre.

Les jeunes gens qui entouraient Lexia ne perdirent pas de temps auprès de Maggie de Millbrook. Ils savaient que la sœur de lady Overton ne se contenterait pas d'un lord, d'un baronnet ou d'un vicomte. Elle visait beaucoup plus haut ! Or, qu'y avait-il mieux, à part peut-être un titre de duchesse, que celui de marquise ?

Francis de Wimborton ne put faire autrement que de s'incliner, lui aussi, devant la sœur de leur hôtesse.

« Ils forment un très beau couple », pensa Lexia.

Très grand, très distingué, la taille bien prise dans son habit à la coupe parfaite, Francis de Wimborton était le plus séduisant des hommes.

On ne tarda pas à passer à table. Lady Overton plaça Lexia entre lord Charles et le vicomte Ferdinand. Quant au marquis, il était, bien entendu, assis à côté de Maggie.

« Le pauvre ! » pensa Lexia avec sympathie.

Il lui était si souvent arrivé de se retrouver dans de telles situations qu'elle pouvait le comprendre mieux que quiconque. Mais Francis de Wimborton semblait conquis par les minauderies de la sœur de lady Overton.

Il ne restait plus à Lexia qu'à se mettre à bavarder avec ses voisins de table. Elle découvrit très vite que lord Charles était aussi bête qu'il était beau. En revanche, le vicomte Ferdinand, qui n'avait pas grand-chose pour lui physiquement, débordait d'humour et d'intelligence. Et elle ne tarda pas à rire aux éclats à certaines de ses saillies.

Chaque fois qu'il entendait son rire, le marquis levait la tête. Mais, aussitôt, Maggie posait la main sur son bras, un peu comme pour lui rappeler que c'était seulement d'elle qu'il devait s'occuper.

Quant à M. Drayton, insensible aux tensions qui régnaient autour de la table et persuadé d'être arrivé à ses fins, il rayonnait.

Lady Overton adressa un sourire mielleux à Lexia.

— Nous sommes si heureux de rencontrer des gens qui viennent de l'autre bout du monde !

D'un ton protecteur, elle poursuivit :

— Je veux bien croire, ma chère enfant, que l'on ne se comporte pas là-bas comme ici. Les conventions auxquelles nous attachons tant d'importance n'ont pas cours dans le Nouveau Monde. Surtout, ne vous sentez pas gênée si vous trouvez certaines de nos coutumes un peu bizarres.

En se voyant traitée avec une telle condescendance, la jeune fille comprit que la guerre était déclarée.

— Vous craignez que je ne choisisse pas ceux qu'il faut parmi tous ces couverts disposés autour de mon assiette ? demanda-t-elle avec un grand sourire.

Dans le silence qui suivit, il y eut quelques rires étouffés. Tout d'abord déconcertée par cette réplique inattendue, lady Overton ne tarda pas à retrouver son aplomb. Et ce fut d'un ton indulgent qu'elle reprit :

— Si vous nous parliez de la haute société en Amérique ? Je suppose que vous connaissez tous les gens qui comptent à New York ?

Adoptant volontairement un accent américain très prononcé, Lexia rétorqua :

— Quand j'étais là-bas, au lieu de parader dans les salons, je préférais attraper le bétail au lasso.

De nouveau, ce fut le silence. Un silence de nouveau troublé par quelques rires.

Lord Charles ouvrit de grands yeux.

— Vous attrapez des bêtes au lasso ?

— Et ce n'est pas facile ! Il faut un coup de main, vous savez, répondit-elle, toujours en forçant son accent américain.

— Lexia ! s'écria M. Drayton, horrifié.

Quelle mouche avait donc bien pu piquer sa fille pour qu'elle se comporte ainsi ?

— C'est très intéressant, dit lady Overton d'un air pincé.

Là-dessus, mettant un point d'honneur à ignorer délibérément la jeune fille, elle s'adressa aux autres :

— Après dîner, nous aurons une petite sauterie. Oh, en toute simplicité ! Nous roulerons les tapis du salon pour pouvoir faire quelques tours de valse.

En fait de simplicité, elle avait retenu un orchestre de six musiciens !

Comme il n'y avait qu'une trentaine d'invités, dont une certaine proportion de gens âgés qui ne se hasardaient plus sur les parquets cirés, le choix des cavaliers était forcément restreint. Mais peut-être était-ce ce qu'avait voulu lady Overton ?

Poussé par son hôtesse, le marquis se trouva obligé d'ouvrir le bal avec Maggie, pendant que Lexia se voyait débordée par le nombre de ceux qui voulaient à toute force la faire valser. Et lorsque Francis voulut d'autorité l'entraîner sur la piste, les autres, qui se trouvaient déjà sur les rangs et estimaient avoir priorité, protestèrent vivement.

— Mlle Drayton m'avait promis la seconde danse, prétendit-il.

Lexia attendit d'être loin de ses admirateurs pour déclarer :

— Je ne vous avais rien promis du tout !

— Bah ! Une petite entorse à la vérité n'a jamais fait de mal à personne. Surtout si c'est pour la bonne cause. Vous me devez aussi la troisième danse, la quatrième, la...

— Ce ne serait pas correct.

Avec ironie, elle ajouta :

— Mais je ne sais pas me tenir correctement, et cela commence à se savoir. J'ai choqué cette pauvre lady Overton !

— Quand vous avez raconté que votre passe-temps favori était d'attraper le bétail au lasso, j'ai eu toutes les peines du monde à ne pas mourir de rire.

Il baissa la voix :

— Il faut que vous m'aidiez à échapper à ce pot de colle de Maggie.

— Vraiment ? Vous n'aviez pas l'air malheureux en sa compagnie. Bien au contraire !

— J'étais poli. Et au moins, *moi* je ne flirtais pas outrageusement.

— Que voulez-vous dire par ces mots, s'il vous plaît ?

— Vous le savez parfaitement. Vous ne cessiez de distribuer vos sourires et vos clins d'œil. Entre lord Robert, le vicomte Ferdinand et le baronnet Augustus...

— Par exemple ! s'exclama la jeune fille, outrée. Comment osez-vous parler ainsi ? Je ne flirtais pas avec eux.

— C'était pourtant mon impression.

— Si vous croyez qu'il est facile de tourner le dos aux personnes qui vous harcèlent ! soupira-t-elle.

Après un instant de réflexion, elle enchaîna :

— Je reconnais quand même les avoir encouragés un peu.

— Ah !

— Très peu. Mais que voulez-vous ? Je n'allais pas vous regarder sourire à Maggie de Millbrook sans rien faire ! Si vous croyez que je suis du genre à faire tapisserie pendant que vous entourez d'attentions celle qui doit devenir votre femme !

— Je n'ai aucune intention de l'épouser.

— Lady Overton semble pourtant avoir tout organisé. Et j'ai l'impression que lorsque lady Overton veut quelque chose...

— J'ai encore mon libre arbitre. Ne me sous-estimez pas, ma chère !

— Ne *la* sous-estimez pas. Pourquoi Maggie de Millbrook est-elle là ce soir, alors que sa sœur ne l'attendait pas avant lundi prochain ?

— Une coïncidence...

— Croyez-vous ?

— Non, admit le marquis. Lady Overton a dû lui envoyer un télégramme tout de suite après vous avoir vue à Wimborton. Cela a permis à Maggie d'arriver à temps pour parer à la menace...

Lexia fronça les sourcils.

— Quelle menace ?

— Celle que vous représentez, bien évidemment.

Avec un sourire, il poursuivit :

— Mais vous ne manquez pas de répondant ! Dès que lady Overton vous a attaquée, à table, vous avez su comment lui répondre. Bravo !

La jeune fille haussa les épaules.

— C'est mon ennemie, je l'ai compris dès le premier instant. Mais elle ne me fait pas peur : j'ai déjà eu maille à partir avec de plus terribles vipères.

— Dans ce cas, lady Overton ferait bien de se méfier, fit le marquis en riant.

L'orchestre se tut. Déjà, lord Charles s'inclinait devant Lexia. Un peu plus loin, lady Overton et sa sœur, le même sourire glacé aux lèvres, ne quittaient pas leur proie des yeux.

— Attention, murmura Lexia. Elles vont sauter sur vous !

— J'ai l'impression d'être un poisson que l'on essaie de tirer hors de l'eau.

— Ne vous laissez pas faire.

Comme l'avait prévu Lexia, lady Overton fonça sur le marquis. Et une fraction de seconde plus tard, Maggie les rejoignait. Lady Overton fit alors mine d'être confuse.

— Oh, excusez-moi ! minauda-t-elle. Je vous empêche de danser... Allez-y, mes chers enfants. Je m'en voudrais de vous retenir.

Sa manœuvre avait réussi. Quelques instants plus tard, Francis et Maggie évoluaient sur le parquet ciré.

Un peu plus tard, profitant d'une pause au cours de laquelle on servit des rafraîchissements, M. Drayton vint trouver sa fille et, d'autorité, l'entraîna à l'écart.

— Tu ne t'es pas comportée comme il fallait.

Croyant qu'il la réprimandait parce qu'elle avait répondu avec brio aux attaques sournoises de lady Overton, elle protesta :

— Je n'allais pas la laisser m'écraser de sa suffisance !

— Il ne s'agit pas de cela. Quoiqu'il y aurait beaucoup de choses à dire !

D'un ton accusateur, il déclara :

— Je t'ai vue danser avec le marquis !

Lexia ouvrit de grands yeux.

— N'était-ce pas ce que vous souhaitiez ?

— Si. Mais pourquoi t'es-tu disputée avec lui ? Ne le nie pas, je t'ai entendue dire : « Comment osez-vous parler ainsi ? »

— Il m'avait agacée. J'ai réagi.

— Même si tu étais agacée, tu aurais dû le cacher. On ne traite pas le marquis de Wimborton de la même manière que n'importe quel petit freluquet.

— Pardon ?

— Si le marquis t'a fait quelques avances, tu n'avais pas besoin de monter sur tes grands chevaux.

— Quoi ?

— En admettant que tu aies trouvé qu'il allait un peu loin, ce n'était pas une raison pour te montrer hystérique. Les grands aristocrates appellent parfois un chat... un chat. Il n'y a pas de quoi faire une histoire.

M. Drayton examina sa fille en fronçant les sourcils.

— D'ordinaire, il en faut beaucoup pour te choquer. Je ne te reconnais plus.

— Seriez-vous en train d'essayer de me faire comprendre que, si par hasard le marquis se conduisait mal, je devrais le laisser faire ?

— Juste un peu, ma chère enfant. Il faut que tu sois un peu moins collet monté.

La jeune fille ne put s'empêcher d'éclater de rire.

— Moi ? Collet monté ?

Elle secoua la tête avec stupeur.

— Vous m'accusez d'être trop prude, et lui m'accuse de flirter de manière outrageuse ! Comment voulez-vous que je m'y retrouve ?

— Tu as flirté de manière outrageuse, en effet. Ces jeunes gens se montraient beaucoup trop entreprenants.

Lexia feignit de ne pas comprendre.

— Père, vous venez tout juste de me dire de laisser faire les messieurs, tant qu'ils ne dépassent pas certaines limites !

— Tu peux permettre certaines privautés au marquis, mais certainement pas aux autres.

— Pourquoi certains devraient-ils bénéficier d'un traitement différent ?

M. Drayton faillit s'étrangler.

— Deviendrais-tu stupide ?

— Peut-être l'ai-je toujours été ? rétorqua-t-elle d'un ton léger.

Là-dessus, l'orchestre se remit à jouer. Lord Robert, le vicomte Ferdinand et le baronnet Augustus entourèrent immédiatement la jeune fille.

Elle dansa avec chacun d'entre eux. Au moment où lord Robert voulait de nouveau l'entraîner sur le parquet, le marquis s'interposa.

— Désolé, Mlle Drayton m'a promis cette valse.

Mais au lieu de la faire danser, Francis l'entraîna dans le parc.

— Nous ne devrions pas sortir seuls ! s'écria Lexia. Les gens vont aussitôt faire des remarques. Vous savez comme ils sont – surtout en province !

— Qu'ils aillent tous au diable ! Cela empêchera peut-être lady Overton et sa sœur de s'accrocher à moi comme des sangsues.

Lexia éclata de rire.

— Tout à l'heure, vous étiez un poisson que l'on sort de l'eau. Maintenant, vous voilà couvert de sangsues. Et vous voulez que j'aille me promener au clair de lune avec un aussi étrange personnage ?

— Cela me permettra peut-être de me débarrasser de ces deux femmes. Elles ne me laissent pas une seconde en paix !

— Méfiez-vous, car après cela, vous risquez d'avoir affaire à mon père. Il vient de me faire la leçon.

— Comment cela ?

— Il m'a dit de ne pas hésiter à vous laisser prendre quelques libertés. Des conseils qui m'ont mise dans une rage folle.

Elle crispa les poings.

— Vous imaginez ? Selon lui, je ne dois pas être trop collet monté !

— De son point de vue, cela semble logique. En effet, si je vous compromettais, je serais obligé de vous épouser.

— Je ne vous laisserai pas me compromettre.

— C'est peut-être déjà fait. Tout le monde nous a vus sortir ensemble. Et nous voilà maintenant dans l'ombre complice des grands arbres… On doit cependant pouvoir nous voir de la terrasse.

Il ricana.

— D'ailleurs… regardez ! Votre père, lady Overton et Maggie sont sortis pour mieux nous observer ! Nous n'allons pas les décevoir.

Là-dessus, il la prit par la taille.

— Que… que faites-vous ? balbutia la jeune fille.

— Je vous compromets. Juste un peu.

Lorsqu'il l'attira contre lui, elle eut l'impression que toutes ses forces l'abandonnaient.

— Croyez-vous… croyez-vous que ce soit raisonnable ? murmura-t-elle d'une voix mourante.

— Au diable la raison !

Le marquis s'adossa à un tronc d'arbre.

— Mettez vos mains sur mes épaules.

Elle obéit, le cœur battant à tout rompre. Leurs regards se rencontrèrent, et ce fut comme si le monde s'arrêtait brusquement de tourner. Elle qui ne s'était jamais évanouie de sa vie crut défaillir.

— N'ayez pas peur, dit Francis. Je ne vais pas vous embrasser. Lexia ?

Avec difficulté, elle émergea de l'étrange monde de rêve dans lequel elle était plongée.

— Oui… Excusez-moi. Que disiez-vous ?

— Que vous n'aviez pas à craindre que je profite de la situation. Vous avez confiance en moi ?

— Oui.

— Vous êtes mon amie ?

— Oui.

— En ce moment, j'essaie de faire comprendre à Maggie qu'il n'y a pas d'espoir. Si vous n'étiez pas mon amie, jamais je ne vous demanderais un pareil service.

Toujours intensément troublée, la jeune fille réussit cependant à lancer d'un ton léger :

— Méfiez-vous ! Si vous allez trop loin, vous échapperez peut-être à Maggie, mais vous serez obligé de m'épouser, moi.

— Dieu m'en garde ! Avec une femme comme vous, j'aurais des cheveux blancs en moins de quinze jours.

— Je suis pire que Maggie ?

— Vous êtes très différente. Mais au fond, vous ne valez pas mieux l'une que l'autre. Aïe ! Ma cheville !

— Vous l'avez bien mérité.

— Vous n'êtes pas censée me battre ! Cela gâche complètement l'image que nous voulons donner.

— Pas du tout. Je vous ai donné un bon coup de pied très discrètement, du côté qu'ils ne peuvent pas voir.

— Martyriser un pauvre homme qui ne vous a rien fait !

Lexia pouffa.

— Vous êtes bien à plaindre !

Le marquis se redressa.

— Comme je n'ai pas envie d'être couvert de bleus, allons retrouver les autres. Je crois que notre petite comédie a été suffisamment convaincante. Ils ont maintenant de quoi penser.

— Vous pensez que cela suffira pour que Maggie abandonne son rêve de devenir marquise?

— Je l'espère. Donnez-moi le bras.

La jeune fille s'exécuta. Elle se sentait étrangement déçue à la perspective de devoir regagner le manoir. Elle se trouvait si bien ici, dans l'ombre des grands arbres, seule avec le marquis!

Lady Overton, sa sœur et M. Drayton se trouvaient toujours sur la terrasse quand ils les rejoignirent à pas lents. Lady Overton paraissait furieuse. Maggie boudait. Quant au père de Lexia, son sourire était si large qu'il allait d'une oreille à l'autre.

Comme les invités commençaient à prendre congé, Francis dit à M. Drayton:

— Lorsque vous voudrez que je vous ramène à Highcliffe, il vous suffira de me faire signe.

— C'est à vous de donner le signal du départ, cher ami, fit M. Drayton. Mais il me semble que le moment est venu de quitter notre charmante hôtesse.

La «charmante hôtesse» leur fit ses adieux d'un air pincé. Quant à Maggie, elle avait disparu.

Sur le chemin du retour, M. Drayton se frotta les mains avec satisfaction avant de demander, sans le moindre tact:

— Alors, mes enfants, avez-vous apprécié votre petite promenade?

Au lieu de répondre, Lexia lança:

— Et vous, père, avez-vous apprécié votre soirée?

— J'ai passé l'âge des sauteries de ce genre. Le principal, c'est que tu t'amuses. Et il me semble que cela a été le cas. Soit, vous n'auriez peut-être pas dû vous isoler comme vous l'avez fait: cela n'est pas très correct. Mais étant donné les circonstances...

Il laissa sa phrase en suspens, s'attendant visiblement à ce que sa fille et le marquis lui annoncent leur intention de se marier. Comme ils étaient demeurés silencieux, M. Drayton insista :

— Bien sûr, je ne veux pas savoir de quoi vous avez parlé. Certaines conversations privées doivent le rester jusqu'à... jusqu'à ce que vienne le moment de faire des annonces publiques. Et...

— Chaque chose en son temps, coupa le marquis d'un ton sans réplique.

Cette fois, au grand soulagement de sa fille, M. Drayton eut assez de bon sens pour se taire.

Sans qu'elle comprenne pourquoi, ce qui s'était passé dans le parc avait profondément secoué Lexia. Jamais elle ne s'était sentie aussi troublée de sa vie que lorsque Frank, son ami, l'avait prise par la taille et l'avait attirée contre lui. Soit, il s'agissait d'une simple comédie ! Elle avait accepté de jouer le jeu pour lui éviter de tomber dans le piège tendu par les deux sœurs. Mais, à chaque instant, il lui semblait encore sentir l'haleine tiède du marquis sur son visage. Elle revoyait ses yeux étincelants, ses lèvres si proches des siennes... Et, de nouveau, elle se sentait bien près de défaillir.

Le lendemain matin, Francis arriva le premier dans la clairière où, la veille, ils avaient mis au point leur stratégie.

Lexia allait-elle venir ? Une heure auparavant, il était sûr de la retrouver ici. Mais plus le temps passait, plus il se demandait s'il la verrait.

Enfin, il entendit un bruit de galop. La jeune fille arrivait, ventre à terre, à califourchon sur Skylark.

Elle sauta à terre.

— J'ai à peine cinq minutes. Je viens vous dire au revoir.

Le marquis se raidit.

— Au revoir? Comment cela? Vous partez? Voilà du nouveau... Où allez-vous donc?

— N'importe où, à condition que ce soit très loin, le plus loin possible de mon père.

— Mais que se passe-t-il, Lexia?

— Il nous croit fiancés. Pour lui, c'est chose faite.

— Parce que nous avons un peu flirté dans le parc?

— Pour cela, et aussi parce qu'il a décidé que ce mariage se fera.

Elle laissa échapper un profond soupir avant d'ajouter:

— Et quand mon père décide quelque chose...

Soudain, son ravissant visage se crispa. Une larme roula sur sa joue. Elle l'écrasa d'un revers de main rageur. Mais une autre tomba, encore une autre... Furieuse contre elle-même, contre sa faiblesse, elle frappa du pied.

— Ne pleurez pas! supplia le marquis. Je vous aiderai à tenir tête à votre père.

Elle haussa les épaules.

— Vous ne le connaissez pas. Il arrive toujours à ses fins. Il veut que je vous épouse, et rien ni personne ne pourra empêcher ce mariage.

Là-dessus, elle éclata en sanglots violents. Le marquis la prit par les épaules et la berça comme une enfant.

— Calmez-vous, je vous en prie! Nous trouverons bien une solution.

— Il n'y en a qu'une: la fuite.

— Vous n'êtes pas raisonnable. Vous devriez savoir qu'il y a beaucoup de gens malintentionnés dans le monde. Avez-vous seulement une idée des dangers qui peuvent guetter une jeune personne livrée à elle-même?

— Je m'en moque!

— Je ne peux pas vous laisser partir à l'aventure.

— Vous ne pouvez pas m'en empêcher.

— C'est mon devoir.

— Pas du tout. Vous n'avez rien à voir dans tout cela.

Il la secoua doucement.

— Lexia, tâchez d'être raisonnable. Venez vous asseoir, séchez vos larmes et discutons tranquillement.

Elle leva les yeux au ciel.

— Tranquillement ! Vous voulez rire ?

— Il y a bien une solution. Réfléchissons ! Vous savez que je suis tout prêt à vous aider.

Le visage de la jeune fille s'éclaira.

— Oui, si vraiment vous acceptez de m'aider, il y a une solution ! s'exclama-t-elle.

— Dites.

— Eh bien, il faut tout simplement que vous veniez avec moi.

Le marquis sursauta.

— Pardon ?

— Vous m'avez dit que je courrais mille dangers si je partais seule. Mais si vous étiez là pour me protéger, je n'aurais rien à craindre. Par conséquent, nous n'avons qu'à voyager ensemble.

— Seigneur ! Voyager ensemble, répéta-t-il avec stupeur.

— Oui !

— Et pour aller où, s'il vous plaît ?

— N'importe où. À l'étranger. Le monde nous appartient !

— Vous êtes folle, Lexia. Vous êtes complètement folle.

— Pas du tout. J'ai trouvé une solution idéale. Et si vous preniez la peine de réfléchir un instant, vous seriez certainement de mon avis.

— Pas du tout. Premièrement, je n'ai pas le premier sou pour partir en voyage.

— Ne vous inquiétez pas pour cela : j'ai tout ce qu'il faut.

Francis eut un haut-le-corps.

— Jamais je ne vous permettrai de payer pour moi.

— Ne soyez pas aussi compliqué. Vous n'avez pas d'argent, mais puisque moi, j'en ai, tout s'arrange !

D'un geste machinal, le marquis rejeta ses cheveux sombres en arrière.

— Il ne s'agit pas seulement des frais de voyage ! Vous ne savez pas dans quelle situation je me trouve en ce moment. J'ai des dettes et si mes créditeurs découvrent que j'ai disparu sans laisser d'adresse, ils sont capables de me déclarer insolvable et de faire vendre tout ce que je possède.

— Le château ?

— Le château, le domaine, les tableaux... tout.

— Ce serait terrible !

— Mais je m'y attends, hélas ! Cette épée de Damoclès est suspendue au-dessus de ma tête depuis maintenant des années.

— Je peux vous donner tout l'argent que vous voulez pour désintéresser vos créanciers.

Francis pâlit.

— Lexia, vous n'avez aucune idée de ce que vous dites.

— Mais si ! La solution que je vous propose est d'une simplicité enfantine !

— Savez-vous comment on appelle un homme qui vit de l'argent des femmes ?

— Un homme démuni.

Il haussa les épaules.

— Ce n'est pas drôle.

— Vous ne voulez donc rien comprendre ? Il y a cinq minutes, vous étiez prêt à me venir en aide. Je vous explique comment vous pouvez vraiment me rendre service. Et soudain, vous ne voulez plus rien savoir !

— Parce que jamais je n'aurais imaginé que vous alliez me proposer une chose pareille.

Elle eut un geste désabusé.

— Bien, n'en parlons plus. Je vais partir seule.

— C'est trop dangereux !

— Vous préférez me voir courir de graves dangers plutôt que de mettre votre petit orgueil dans votre poche ?

— Du chantage ?

— Pas du tout. Je dis les choses comme je les pense. Mais, je le répète, n'en parlons plus. Après tout, il s'agit de mon problème, pas du vôtre. Je partirai donc seule.

— Non !

— Le moyen de faire autrement ?

Au prix d'un visible effort, il déclara :

— Bien, je vous accompagnerai. Il le faut bien si je ne veux pas que ma conscience me fasse de reproches jusqu'à la fin de mes jours.

Lexia bondit.

— Vous acceptez ?

— N'est-ce pas ce que je viens de dire ?

Elle porta la main à son cœur.

— Mon Dieu, je n'ose y croire ! Comment vous remercier ? Maintenant, je peux bien vous l'avouer : je n'étais guère rassurée à la perspective d'embarquer seule pour des destinations inconnues. Avec vous, je n'aurai peur de rien !

Le marquis réfléchissait.

— Nous prétendrons être frère et sœur. Mais pour respecter les bienséances, nous nous ferons accompagner.

— Par qui ? demanda-t-elle avec stupeur.

— Vous, par votre femme de chambre, et moi, par mon fidèle valet, Jenkins.

— Je vais rentrer et donner de l'argent à Daisy, ma femme de chambre. Que votre valet l'attende près de la grille de Highcliffe. De combien avez-vous besoin pour que vos créanciers cessent de vous harceler ?

Comme Francis paraissait gêné, elle eut un geste agacé.

— Je vous en prie, pas de manières ! Cela nous fait perdre un temps précieux. Combien vous faut-il ? insista-t-elle.

— On voit que vous avez été élevée en Amérique, murmura le marquis.

— Il est vrai que là-bas, on parle ouvertement d'argent. Cela me semble plus sain que les petites hypocrisies britanniques. Pour la troisième fois, Frank, combien vous faut-il ?

Visiblement gêné, le marquis fit un rapide calcul avant de citer un chiffre.

— Cela me permettra de régler mes dettes les plus criantes. Ce n'est pas trop ? s'inquiéta-t-il.

— Pas du tout. Je peux vous donner plus si vous voulez.

— Non, non ! Pour le moment, cela devrait suffire. Mais je vous promets que je vous rembourserai tout ce que vous me prêterez.

D'un geste, la jeune fille balaya l'objection.

— Si vous avez l'argent dans une heure, aurez-vous le temps de vous arranger avec vos créanciers dans la journée ? interrogea-t-elle.

Francis se prit la tête entre les mains.

— Je me demande si je ne suis pas devenu fou. Comment ai-je pu accepter de...

— Ah, vous n'allez pas revenir sur votre promesse ! Méfiez-vous ! Si nous ne faisons rien, mon père, qui arrive toujours à ses fins, s'arrangera pour que notre mariage soit célébré dans les plus brefs délais. Et nous serons malheureux toute notre vie! En revanche, au cours de ce voyage, nous aurons peut-être l'occasion de rencontrer, vous, la femme de votre vie, et moi, mon prince charmant.

— Qui sait? fit le marquis sans beaucoup d'enthousiasme.

Après un silence, il demanda avec résignation:

— Bon! Où voulez-vous aller?

— Je vous laisse décider. Après tout, vous êtes un homme! C'est à vous de réserver des billets.

Francis paraissait accablé.

— Je me demande si je ne suis pas devenu fou, répéta-t-il.

5

Une fois de retour à Highcliffe, Lexia expliqua à sa femme de chambre qu'elle partait en voyage le lendemain.

— Il faudra que vous m'accompagniez, Daisy.

— Bien entendu, mademoiselle.

— Mon père ne doit rien savoir.

Daisy sursauta.

— Vous voulez dire que... que vous vous enfuyez ?

— Oui.

Elle s'attendait à ce que Daisy proteste. Ce ne fut pas le cas.

Cette femme d'une quarantaine d'années, qui avait mené une vie très dure et n'avait pas souvent eu l'occasion de rire, s'exclama :

— Cela va être amusant !

La jeune fille tira la cassette en métal qui était sous son lit. Son coffre-fort... Comme elle n'avait pas de secrets pour sa femme de chambre, elle l'ouvrit devant elle et se mit à compter les billets.

Elle ne possédait pas de compte en banque. Son père lui remettait chaque semaine une grosse somme.

— Pour tes colifichets, ma chère enfant, déclarait-il invariablement.

Comme les factures des toilettes de Lexia étaient directement envoyées à M. Drayton, la jeune fille s'était contentée de jeter dans cette cassette fermée à clef ces liasses de billets. Elle possédait maintenant une véritable fortune en dollars ainsi qu'en livres sterling.

Après avoir mis la somme que lui avait demandée le marquis dans une grande enveloppe, elle la confia à Daisy.

— Allez jusqu'à la grille. Le valet du marquis, un certain Jenkins, devrait s'y trouver. Si par hasard il n'était pas encore là, vous n'aurez qu'à l'attendre. Vous lui remettrez discrètement cette enveloppe.

Ravie de l'aventure, Daisy déclara d'un ton de conspirateur :

— Je me dissimulerai derrière les arbres. Je regarderai derrière moi pour m'assurer que je ne suis pas suivie. Je...

— Vous n'avez pas besoin de vous cacher ! Pour le moment, personne ne se doute de rien.

— On ne prend jamais trop de précautions, mademoiselle Lexia.

— Allez vite ! Pendant ce temps, je vais commencer à faire un tri parmi mes vêtements.

— Une fois que j'aurai vu ce Jenkins, je reviendrai en courant vous aider, mademoiselle.

Une demi-heure plus tard, Daisy revint.

— Le valet de milord m'a donné ceci pour vous, mademoiselle Lexia.

La jeune fille s'empressa de décacheter la longue enveloppe blanche.

Votre père doit déjeuner demain avec le lord-maire. Il quittera Highcliffe vers onze heures et demie pour arriver là-bas à temps. Une voiture viendra vous prendre à midi. Soyez prête !

Par prudence, vraisemblablement, le marquis n'avait pas signé ces lignes.

— Qu'allez-vous dire à Monsieur votre père ? s'inquiéta Daisy.

— Je lui laisserai un petit mot en lui expliquant que je vais passer quelques jours avec des amis. Je déteste mentir... Mais comment faire autrement ?

— Vous croira-t-il ? demanda Daisy d'un air soucieux.

Lexia eut un rire sans joie.

— Je l'espère. En tout cas, jamais il ne soupçonnera la vérité. Comment, en effet, pourrais-je m'enfuir avec l'homme qu'il veut me voir épouser ? Vu de l'extérieur, cela n'a pas de sens.

Mais Frank était son meilleur ami et avait promis de l'aider. D'ailleurs, elle n'avait que lui ! S'il avait refusé de venir à son secours, vers qui aurait-elle pu se tourner ? Elle n'en avait aucune idée.

Lexia n'avait pratiquement pas fermé l'œil de la nuit. À l'aube, elle était à sa fenêtre, en chemise de nuit. Et elle s'impatientait déjà, tout en sachant qu'il lui faudrait attendre encore de longues heures avant de pouvoir partir.

Ses bagages étaient prêts. Elle avait écrit à son père une lettre dont elle avait soigneusement pesé chacun des termes. Elle déposerait l'enveloppe bien en vue sur son secrétaire avant son départ. Quand M. Drayton la trouverait, elle serait loin.

Qu'allait-elle faire jusqu'à midi ? Lire ? À quoi bon ? Elle ne parviendrait probablement pas à déchiffrer deux lignes de suite. Monter à cheval ? Cela la détendrait peut-être. Mais sa nervosité risquait de se communiquer à Skylark. Celui-ci, toujours à l'affût de la moindre faiblesse de sa cavalière, en profiterait pour tenter de lui faire vider ses étriers... Et ce n'était vraiment pas le moment de faire une mauvaise chute !

Elle leva les yeux vers le ciel pâle. Et elle eut soudain l'étrange impression que sa mère était là et veillait sur elle.

« Ma chère maman, aidez-moi à trouver celui qui m'est destiné. Celui que j'aimerai autant qu'il m'aimera. Celui qui n'accordera aucune importance au fait que je sois riche ou pauvre. Celui qui me rendra aussi heureuse que vous l'avez été avec mon père. »

Un peu plus tard, lorsqu'elle descendit prendre son petit déjeuner, elle trouva son père déjà installé dans la salle à manger. M. Drayton, qui prenait son café tout en dépouillant son courrier, s'étonna de voir sa fille en robe de mousseline.

— Tu n'es pas en amazone ? Tu ne vas pas monter ce matin ?

— J'ai un peu mal à la tête, prétendit-elle.

— Repose-toi. Je suis navré d'être obligé de te laisser seule, mais le lord-maire m'attend pour déjeuner. Il souhaite me faire connaître plusieurs personnalités locales et me montrer le nouvel hôpital, la maison de retraite ainsi que le futur champ de courses. Il estime, en effet, que j'ai un certain rôle à jouer dans le comté.

« Un rôle de mécène ? » faillit demander Lexia.

Elle jugea plus sage de se taire. D'autant plus que son père n'était certainement pas dupe des motivations du lord-maire et de ses amis ! Tout le monde s'attendait à ce qu'un millionnaire fasse des dons importants aux institutions régionales. Et puisque M. Drayton semblait prêt à entrer dans le jeu...

La jeune fille ne tarda pas à monter dans sa chambre et se mit à tourner en rond comme un animal en cage. Les aiguilles de la pendule tournaient avec une lenteur si désespérante que, par moments, elle avait l'impression qu'elles étaient arrêtées.

Enfin, la voiture que M. Drayton avait commandée s'arrêta devant le perron. Elle courut lui faire ses adieux.

— Au revoir, mon cher père!

Lorsqu'elle se jeta à son cou, il éclata de rire.

— On pourrait penser que je pars pour des mois!

« C'est moi qui m'en vais, père. Ce que vous ne pouvez pas deviner – heureusement! »

— Je reviendrai probablement assez tard ce soir, poursuivit M. Drayton. Tu seras déjà au lit. Mais demain, nous aurons une petite conversation, tous les deux.

— À quel sujet, père?

— Comme si tu ne le savais pas! Au sujet de ton mariage, évidemment! Tu connais ma devise? « Il faut battre le fer quand il est chaud. »

Avec satisfaction, il poursuivit:

— Si tout marche selon mes plans, avant la fin du mois tu seras marquise!

— Père...

— Je n'ai pas le temps de discuter de cela avec toi maintenant.

Se rengorgeant, il ajouta:

— Je suis attendu par des gens importants et il serait du plus mauvais effet d'arriver en retard.

La jeune fille suivit la voiture des yeux jusqu'à ce qu'elle franchisse la grille. À grand-peine, elle ravala les larmes qui lui picotaient les paupières.

Elle aimait tant son père ! Et elle s'en voulait de partir ainsi, à la sauvette. Mais si elle n'avait pas pris cette décision, elle aurait été obligée d'épouser un homme qu'elle trouvait fort sympathique, certes, mais pour lequel elle n'éprouvait pas le moindre tendre sentiment.

C'était plutôt comme un grand frère qu'elle considérait Frank. Quant à lui, il se sentait peut-être le devoir de la protéger. Mais elle n'était pas la femme de sa vie.

« Avec un peu de chance, nous trouverons au cours de ce voyage ceux qui nous sont destinés, se dit-elle. Une riche héritière pour Frank. Et pour moi... »

Pour elle ? À vrai dire, elle avait beaucoup de mal à imaginer l'homme de ses rêves.

« Bah, le jour où je le rencontrerai, je saurai immédiatement que c'est lui, se dit-elle encore. Tout comme ma mère a su, dès le premier instant, qu'elle n'en aimerait jamais un autre que mon père. Je suppose que cela se passera de la même manière pour moi. »

À midi, en voyant une voiture remonter l'allée, le majordome fronça les sourcils.

— Une visite ?

— Non, s'empressa de dire Lexia, qui était restée sur le perron. J'ai promis à une dame d'œuvres de lui donner quelques vêtements pour une vente de charité. J'ai rempli deux malles. Voulez-vous demander à un valet d'aller les chercher dans ma chambre, s'il vous plaît ?

La voiture s'arrêta devant le perron. Il s'agissait d'un véhicule en assez mauvais état. Aucune couronne, aucun blason n'en ornait les portières à la peinture écaillée.

« Frank pense à tout ! » se dit Lexia avec satisfaction.

Le cocher s'était contenté d'adresser un salut distant au majordome. Il demeura perché sur son siège en retenant les chevaux. Il avait dû recevoir des instructions, car il était évident qu'il n'avait aucune envie d'entamer la conversation.

Suivis par Daisy, deux valets vinrent mettre les malles dans le coffre.

— Vous allez monter dans cette antiquité, mademoiselle Lexia ? demanda le majordome en baissant la voix pour que le cocher ne l'entende pas. Ne préférez-vous que je demande qu'on vous attelle une confortable calèche ?

— Ce n'est pas la peine, Johnson : je ne vais pas bien loin. Et mes amis seraient vexés que je dédaigne leur voiture.

Le majordome sourit.

— Vous pensez toujours à ce genre de détails. Vous savez ménager les sentiments des uns et des autres.

La jeune fille ne répondit pas. Elle avait tellement honte de recevoir un compliment immérité. Et elle avait encore plus honte de tous ses mensonges.

« Hélas ! Le moyen de faire autrement ? » se demanda-t-elle en soupirant.

Après être montée en voiture, elle agita la main.

— À ce soir, Johnson.

Le majordome parut surpris.

— Vous ne reviendrez pas avant ce soir, mademoiselle Lexia ?

— Probablement pas, répondit-elle d'un ton neutre.

Lexia s'attendait à ce qu'on l'emmène jusqu'à la gare de la ville la plus proche. Pas du tout ! Après avoir emprunté d'étroites routes secondaires, le cocher arrêta sa voiture près d'une rivière.

— Que faisons-nous ici ? demanda-t-elle à Daisy avec une pointe d'inquiétude.

— J'avoue, mademoiselle Lexia, que je ne comprends pas plus que vous.

Juste au moment où la jeune fille s'apprêtait à demander des explications au cocher, une autre voiture apparut au détour du chemin. Lexia se sentit soulagée en voyant le marquis sauter à terre. Pendant quelques secondes, elle avait cru être l'objet d'un guet-apens.

« C'est un peu sa faute, aussi, pensa-t-elle avec mauvaise foi. Il m'a mise en garde contre les risques que pouvait courir une femme seule. Et maintenant, je vois des dangers partout ! »

Pendant que Jenkins et les deux cochers se mettaient en devoir de sortir les bagages qu'ils descendirent vers la berge, la jeune fille déclara :

— Je croyais que nous allions prendre le train pour nous rendre à Calais ou à Douvres.

— J'ai pensé, pour déjouer les recherches éventuelles, que nous ferions mieux de partir au fil de l'eau.

Une grande barque était amarrée au bord de la rivière. Les quatre solides rameurs, qui étaient assis dans l'herbe, s'empressèrent de se lever pour aider au transport des valises.

Lexia, qui était loin de penser que leur aventure allait commencer de la sorte, s'assit à l'avant de l'embarcation et ouvrit son ombrelle.

« Est-ce dans cet équipage que nous allons descendre jusqu'à la mer ? » se demanda-t-elle.

L'aventure commençait ! Et si sa curiosité était en éveil, elle choisit cependant de ne pas poser de questions. Le marquis avait tout organisé d'une manière originale et elle s'en remettait entièrement à lui.

Francis vint s'asseoir à côté d'elle, pendant que Jenkins et Daisy s'installaient derrière eux. Les rameurs détachèrent les amarres, avant de plonger leurs avirons dans l'eau avec un bel ensemble. Et la barque commença à descendre le courant à vive allure.

— Si je m'attendais à cela ! murmura Lexia.

Le marquis lui sourit.

— J'espère que le début de notre voyage vous amuse.

Il baissa la voix avant d'enchaîner :

— Les rameurs ne savent pas qui nous sommes. Aussi, faites attention à ce que vous dites devant eux. Désormais, nous sommes frère et sœur.

— Comment allons-nous nous appeler ?

— Edward et Agnès Malcolm. C'est sous ces noms que nous allons embarquer à bord du *Maybelle*, un luxueux paquebot qui doit quitter le port à cinq heures de l'après-midi.

— Mon Dieu ! Arriverons-nous à temps ?

— N'ayez crainte. Tout a été calculé. Deux cabines ont été réservées à nos nouveaux noms.

La jeune fille se mordit la lèvre inférieure.

— Mes papiers sont au nom de Lexia Drayton, bien évidemment. Nous allons au-devant de gros problèmes !

— Ne vous inquiétez pas. J'ai emprunté deux passeports à un ami – Edward Malcolm, justement – qui voyage souvent avec sa sœur Agnès.

— Vous pensez à tout !

— Espérons que je n'ai rien oublié.

— J'étais si loin de m'attendre à partir en barque ! Quelle idée merveilleuse ! s'exclama Lexia.

— S'il avait plu, elle l'aurait été moins. Mais, grâce au ciel, le temps continue à se maintenir au beau.

Les yeux de la jeune fille brillaient. La perspective de partir en croisière l'enchantait.

— J'aime beaucoup les bateaux.

— J'ai toujours rêvé d'avoir un yacht. Malheureusement, ceux-ci coûtent des fortunes !

— La riche héritière de vos rêves se trouve peut-être à bord du *Maybelle*.

Le visage de Francis se rembrunit.

— Peut-être.

Propulsée par les avirons des quatre rameurs, c'était à vive allure que la barque continuait à descendre le courant. Quelques heures plus tard, elle traversa les faubourgs d'une ville portuaire. Après avoir passé une petite écluse, ils arrivèrent dans le port.

— Le *Maybelle*, dit le marquis en désignant un grand paquebot tout blanc.

— Comment avez-vous réussi, en si peu de temps, à réserver des cabines à bord d'un bateau qui va partir cet après-midi ?

— Par télégramme.

— Vous ne manquez pas de ressources, assura la jeune fille en le regardant avec admiration. Je n'aurais pas pensé à tout cela...

Il sourit.

— Qu'auriez-vous fait ?

— Eh bien, j'aurais pris le train pour Douvres, Calais ou Portsmouth.

— Et si votre père avait lancé un détective privé à votre recherche, celui-ci n'aurait pas eu grand mal à retrouver votre trace !

Elle éclata de rire.

— Ce sera plus difficile de cette manière. Seuls les martins-pêcheurs, les hérons ou les libellules pourront raconter comment nous sommes partis !

Elle sursauta.

— Et les rameurs ? Pensez-vous pouvoir compter sur leur discrétion ?

— Je le crois. Ils habitent dans le nord de l'Angleterre où ils font beaucoup de compétitions d'aviron. Ils étaient ravis de pouvoir poursuivre leur entraînement tout en étant payés et cela m'étonnerait qu'ils cherchent plus loin. Mais par prudence, nous allons leur demander de nous arrêter à l'autre bout du quai, devant l'hôtel de la Mer.

Voyant arriver cette barque chargée de malles, plusieurs porteurs se précipitèrent.

— Tout s'arrange, fit le marquis. Ils vont se charger de nos bagages et il ne nous restera plus qu'à nous diriger tranquillement vers le *Maybelle*.

Tout se passa exactement comme il l'avait prévu. Dix minutes plus tard, suivis par Jenkins, Daisy et les porteurs, ils gravirent la passerelle du *Maybelle*, où un officier les reçut.

— Avez-vous des réservations, monsieur ?

— Oui, elles ont été faites par télégramme.

Le marquis lui tendit le papier bleu qu'il examina en hochant la tête.

— Très bien. Deux de nos meilleures cabines de première classe vous attendent.

— Nos domestiques...

— Tout est prévu, monsieur. Ils sont logés en deuxième classe, où ils seront eux aussi très bien.

Un steward les conduisit jusqu'aux suites luxueusement décorées qui leur avaient été réservées. Lexia avait même droit à une salle de bains très moderne !

Après avoir visité son domaine, elle alla frapper à la porte de la cabine voisine. Le marquis lui ouvrit tout de suite.

— Je suis encore mieux installée ici qu'à bord du paquebot qui m'a ramenée de New York ! s'exclama-t-elle.

— Tant mieux! Maintenant, la grande aventure va commencer.

— Quand je pense que nous avons réussi à fuir, je me demande si je ne rêve pas, murmura la jeune fille.

— Mais non, vous ne rêvez pas.

À mi-voix, comme pour lui-même, il ajouta :

— Et moi non plus.

Il laissa échapper un petit soupir.

— Quand j'avais seize ou dix-sept ans, je me disais qu'un jour, j'embarquerais ainsi à bord d'un grand paquebot pour partir très loin. Au bout du monde!

Son visage se rembrunit.

— Malheureusement, la vie en a décidé autrement.

— Vous avez certainement beaucoup voyagé.

— Hélas, non! Mon père est mort quand j'avais à peine dix-huit ans.

— Vous êtes devenu marquis à dix-huit ans ?

— Oui. Le jeune homme insouciant que j'étais à l'époque a découvert très vite les dures réalités de l'existence. Soit, j'héritais d'un beau titre, d'un magnifique château et d'un superbe domaine. Mais aussi de dettes énormes.

— Votre père vous a laissé des dettes ? demanda Lexia avec stupeur.

— Conseillé par des aigrefins, il a fait de mauvais placements et, en quelques années, a dilapidé une fortune. Je me suis retrouvé devant une multitude de problèmes.

Il soupira.

— Et cela continue! Comment voulez-vous que j'entretienne ce domaine alors que mes revenus consistent en quelques fermages et des locations de cottages ? Il y a aussi Highcliffe, me direz-vous. Soit, je loue cette propriété un bon prix. Mais si vous croyez que cela suffit ! Chaque mois, la balance entre les recettes et les dépenses penche toujours du côté de ces dernières.

— Ne désespérez pas. Je pressens que vous allez tomber amoureux d'une riche héritière.

En guise de réponse, Francis se contenta d'esquisser un sourire amer.

Lorsque les moteurs commencèrent à ronronner, Lexia monta sur le pont pour assister au départ du *Maybelle*. Elle espérait que le marquis allait la rejoindre. Mais, à sa grande déception, il ne se montra pas.

Un peu plus tard, elle regagna sa cabine et aida Daisy à ranger ses vêtements dans les placards.

— Que mettrez-vous ce soir pour aller dîner, mademoiselle Lexia ? lui demanda sa femme de chambre.

— Dorénavant, il faut que vous m'appeliez Mlle Agnès.

— Cela va être bien difficile ! Je risque de me tromper tout le temps.

— Faites un effort, Daisy. Pour simplifier, vous pouvez dire « mademoiselle » tout court.

— Ce sera difficile aussi.

Un peu agacée, la jeune fille haussa les épaules. Et ce fut en silence que, après avoir pris son bain, elle laissa Daisy l'aider à passer une robe en soie d'un vert très pâle ornée d'une multitude de petits nœuds en satin d'un vert un peu plus cru. Autour du cou, elle portait une chaîne en or de trois rangs.

— Vous êtes ravissante, Agnès ! assura le marquis lorsqu'il vint la chercher pour l'emmener dans la salle à manger.

— Merci, mon cher Edward.

Elle examina son « frère » d'un air critique et ne trouva rien à lui reprocher. Il était superbe dans son habit de soirée à la coupe parfaite !

Ils formaient un très beau couple et firent dans la salle à manger des premières une entrée très remarquée. La jeune fille en profita pour lancer avec impertinence :

— Vous n'êtes pas mal non plus. Toutes les passagères vont vous faire les yeux doux.

On les conduisit à l'une des meilleures tables, près d'une baie vitrée. Ils étaient déjà loin de la côte et le soleil descendait à l'horizon, teintant la mer de pourpre.

— Quel paysage magnifique ! s'écria la jeune fille. Pourquoi n'êtes-vous pas venu sur le pont pour voir le bateau quitter le port ?

— J'étais un peu déprimé.

— Vous ?

Quand il plongea son regard dans celui de Lexia, elle sentit les battements de son cœur s'emballer.

— Moi, oui. Cela arrive à tout le monde, murmura-t-il avec un sourire sans joie.

La jeune fille jugea plus sage de ne pas insister.

— Quel est notre itinéraire ?

— Une première escale est prévue à Gibraltar. Ensuite, nous nous arrêterons à Barcelone, à Marseille, à Naples. Puis ce sera la Grèce. Athènes, les îles grecques...

— Quel rêve ! Savez-vous, Frank...

— Edward.

— Entre Francis, Frank et Edward, je vais m'y perdre ! s'exclama-t-elle avec bonne humeur. Bon, savez-vous, Edward, que j'ai toujours rêvé de voir Naples et de découvrir les îles grecques ? Comment avez-vous pu deviner cela ?

— Le hasard, je suppose...

— Dans ce cas, c'est plus que le hasard. Peut-être une communion d'idées ?

Les yeux rétrécis, le marquis attendit la suite. Mais la jeune fille se contenta de lancer, avec un petit geste négligent :

— Au fond, nous étions faits pour être frère et sœur !

Après avoir étudié le menu, elle demanda à mi-voix :

— Avez-vous eu le temps de vous arranger avec vos créanciers ?

Il toussota, visiblement mal à l'aise.

— J'ai envoyé tout ce que vous m'avez fait remettre au comptable qui s'occupe de mes affaires.

De plus en plus mal à l'aise, il poursuivit :

— Évidemment, il va y avoir les frais de voyage...

— Oh, ne vous inquiétez pas pour cela ! Je vous remettrai ce que j'ai apporté avec moi. Autant que vous vous chargiez de régler les factures !

Lexia craignait, à chaque instant, de dire ce qu'il ne fallait pas. Car le marquis était d'une susceptibilité terrible quand il était question d'argent !

Dans un sens, elle le comprenait. Mais n'étaient-ils pas amis ?

— Prenez cela aussi simplement que je vous l'offre, dit-elle.

— Ce n'est pas facile, soupira-t-il.

— N'oubliez pas que c'est pour moi que vous dépensez tout cela. Pour m'aider.

— Je vous promets que je vous rembourserai un jour.

— Il n'en est pas question ! protesta la jeune fille. En réalité, c'est moi qui vous suis redevable. Sans vous, jamais je n'aurais pu mener ce projet à bien. Partir seule ? Quelle folie ! Vous avez accepté de m'accompagner. Ma contribution, qui est uniquement matérielle, ne représente pas grand-chose, au fond !

Il éclata soudain de rire.

— Vous devriez travailler pour les services diplomatiques !

Un maître d'hôtel s'approcha de leur table.

— Monsieur Malcolm ?

Comme le marquis ne réagissait pas, Lexia se sentit obligée de dire :

— Oui, oui, c'est bien M. Malcolm. Il avait la tête ailleurs, expliqua-t-elle en s'esclaffant.

Francis de Wimborton lui adressa un regard noir, ce qui n'eut pas d'autre effet que d'augmenter son hilarité.

— Avez-vous fait votre choix, monsieur ? demanda l'employé.

— Mais oui. Nous commencerons par le vol-au-vent, suivi par le carré d'agneau aux herbes.

— Très bien, monsieur. Le sommelier va venir prendre votre commande pour les boissons.

Après le départ du maître d'hôtel, le marquis parut quelque peu confus.

— J'espère que mon choix vous convient ? Je n'ai pas eu le temps de vous consulter.

— Si nous n'avions pas eu cette stupide discussion au sujet d'ennuyeuses questions matérielles, nous aurions pu parler du menu. Et je vous aurais dit que...

Elle jeta un coup d'œil à la carte avant de terminer en riant :

— ... que si vous m'aviez demandé mon avis, j'aurais moi aussi pris le vol-au-vent et le carré d'agneau, cher monsieur Malcolm.

Par jeu, elle le menaça du doigt.

— Et qui me recommandait de ne surtout pas oublier ma nouvelle identité ?

— Je pensais à autre chose.
— À quoi ?
— Aux reflets dorés que prennent vos cheveux dans les lumières.
— Vous vous moquez de moi ? demanda-t-elle, soupçonneuse.
— Pas du tout.
— Alors, vous flirtez ?
— Pas davantage. Il s'agissait d'une simple remarque…
— Monsieur Malcolm ?
Cette fois, le marquis ne se laissa pas surprendre et demanda au sommelier de leur apporter une bouteille de bordeaux.
— En fin de compte, je ne suis pas mécontent de voyager comme un M. Malcolm tout ce qu'il y a d'ordinaire, déclara-t-il.
— Quant à moi, je suis ravie d'être une banale Mlle Malcolm, et pas une richissime héritière. Les gens vont nous prendre pour ce que nous sommes en réalité : des êtres humains avec leurs qualités et leurs défauts.
— Ils ne vont pas être uniquement obnubilés par votre argent ou mon titre.
— Comme la vie va être reposante !
Lexia regarda autour d'elle avant d'ajouter :
— J'ai vu qu'il y avait parmi les passagers de première classe plusieurs jeunes filles très jolies. La femme de votre vie se trouve peut-être parmi elles ?
De nouveau, elle le menaça du doigt par-dessus le vol-au-vent qu'on venait de poser devant elle.
— Mais attention, Frank-Francis-Edward ! Tâchez de bien choisir ! Ne vous amourachez pas de la première qui vous adressera un sourire !
— Vous croyez que les femmes vont s'amuser à sourire au simple quidam que je suis devenu ?

— Oui. Parce que vous êtes l'homme le plus séduisant du *Maybelle*.

Tout d'abord médusé, le marquis s'exclama :

— C'est vous qui flirtez, maintenant ! Permettez-moi, ma chère Agnès, de vous retourner le compliment : vous êtes la femme la plus séduisante du *Maybelle*.

— Merci, mon cher grand frère !

Après dîner, ils allèrent se promener sur le pont. La lune se reflétait dans l'eau comme une coulée d'argent, tandis que l'étrave du grand bateau blanc fendait les vagues.

— Ce n'est pas la première fois que je me trouve à bord d'un paquebot, murmura Lexia d'un air rêveur. Mais c'est la première fois que je trouve un voyage aussi romantique... Je me demande bien pourquoi !

Comme le marquis demeurait silencieux, elle insista :

— Pourquoi, à votre avis ?

Il s'éclaircit la gorge avant de répondre :

— Je n'en ai aucune idée.

Et il s'empressa de changer de sujet de conversation :

— Je suis allé consulter la liste des passagers.

— Oh ! C'est possible ?

— En principe, non. Mais il m'a suffi de glisser un billet dans la poche de l'employé pour qu'il m'ouvre ses registres. Ce que je craignais, voyez-vous, c'était de trouver des personnes de connaissance à bord. Grâce au ciel, je n'ai vu aucun nom connu.

Il hocha la tête.

— Mais nous l'avons échappé belle. Selon l'employé, lord et lady Allerton, de grands amis de mon père, étaient censés embarquer à Gibraltar. Ils ont annulé leur voyage.

— Tout danger est donc écarté ?

— Je l'espère. Mais peut-on jamais savoir ?

Le voyant soucieux, Lexia tenta de lui changer les idées.

— Voulez-vous m'accompagner jusqu'à ma cabine ? Je vous remettrai les fonds destinés à ce voyage.

Ce rappel ne dérida pas Francis, bien au contraire !

— Allons-y, fit-il sans le moindre enthousiasme. Mais vous savez combien...

Elle l'interrompit :

— Chut ! Ne parlons plus de vos ridicules scrupules. Sinon, je vous parlerai des miens. Je vous répéterai sur tous les tons combien je m'en veux de vous monopoliser ainsi, de vous avoir pratiquement enlevé, de vous avoir arraché à votre domaine, de...

Le marquis sourit.

— Bon, vous avez gagné. Ne parlons plus de... de vos ridicules scrupules.

Cependant, ce fut lui qui, un quart d'heure plus tard, recula quand la jeune fille voulut lui confier sa fameuse cassette pleine de billets.

— Mon Dieu ! Mais vous avez une fortune là-dedans !

— Bah ! Il vaut mieux que ce soit vous qui gardiez tout cela plutôt que moi, puisque vous allez vous charger de régler nos dépenses.

Il secoua la tête.

— Honnêtement, je ne peux pas accepter de prendre cet argent.

— Ne faites pas tant d'histoires pour rien, je vous en prie !

— Je préfère ne pas y toucher.

— Tant pis ! soupira la jeune fille, comprenant qu'il était inutile d'insister.

Sans enthousiasme, elle remit la cassette d'où elle l'avait sortie : au fond d'un placard qui fermait à clef.

— Je persiste à penser qu'il serait plus normal que vous vous chargiez de nos fonds, murmura-t-elle. Mais vous êtes tellement têtu !

6

Entre les promenades sur le pont, les parties de badminton, les discussions animées à table, les soirées dansantes, les jeux de société, les concerts ou les représentations théâtrales, le temps passait vite pour les heureux passagers de première classe du *Maybelle*.

— Je ne me suis jamais autant amusée à bord d'un paquebot, avoua Lexia.

Elle fronça les sourcils.

— Je me demande pourquoi... Il faut dire que mon père voulait tout de suite se retirer dans sa cabine après dîner. Je n'ai donc jamais vraiment participé à la vie du bateau.

— Vous savez, je m'amuse autant que vous.

— Vous êtes toujours prêt à tout expérimenter.

— Pas tout, soupira le marquis. Le *Maybelle* doit arriver à Gibraltar cet après-midi, et je n'oserai même pas mettre le pied à terre.

— Pourquoi ? demanda la jeune fille, très déçue.

— J'aurais bien trop peur d'être reconnu. Il y aura beaucoup d'Anglais en ville et de nombreux bateaux battant pavillon britannique dans le port. Par prudence, mieux vaut que j'évite de me montrer. Imaginez que les gens apprennent que le marquis de Wimborton voyage incognito, accompagné d'une très jolie fille qui prétend être sa sœur ! C'en serait fini de votre réputation. Je serais obligé de vous épouser pour réparer...

— Quelle horreur !

C'était un cri du cœur. Le marquis esquissa un sourire sans joie.

— Quelle horreur, oui. Après nous être donné tant de mal pour échapper à votre père, nous aurions tort de commettre une pareille imprudence... et de nous retrouver bêtement piégés.

— Cela signifie que nous ne pourrons descendre dans aucun port ?

— Pas du tout ! Gibraltar est le seul endroit à éviter.

— Parce qu'il s'agit d'une colonie britannique ?

— Exactement. Mais ce sera très volontiers, et avec le plus grand plaisir, que je vous escorterai lors de nos prochaines escales.

Faisant contre mauvaise fortune bon cœur, Lexia eut un geste indifférent.

— Bah, tant pis ! À propos, j'ai découvert qu'il y avait un casino à bord ! Ce soir, au lieu de nous promener dans Gibraltar, nous n'avons qu'à aller jouer.

— Ce n'est pas convenable.

— Allons donc ! Accompagnée de son frère aîné, une jeune fille peut très bien miser un peu d'argent sur les tapis verts.

— Lexia...

— Agnès !

— Agnès, vous ne pouvez pas...

— Si vous refusez de venir avec moi au casino, j'irai seule.

Elle fit mine de réfléchir avant d'ajouter :

— À moins que je n'aille explorer Gibraltar de nuit ? À vrai dire, je ne sais pas encore ce que je ferai puisque vous avez décidé de me fausser compagnie.

— C'est du chantage !

— Pas du tout, fit-elle d'un air vertueux.

Vaincu, Francis haussa les épaules.

— Très bien, nous irons au casino du *Maybelle* après le dîner.

Ce soir-là, Lexia mit sa robe la plus osée. Une toilette en satin bleu au décolleté relativement profond.

Daisy hésita.

— Ce n'est pas un peu exagéré, mademoiselle ? Honnêtement, je me demande pourquoi vous avez acheté cette robe.

— J'aimais sa couleur.

— Soit ! Mais une demoiselle comme il faut ne s'exhibe pas ainsi.

— Je vais au casino, Daisy ! On s'habille différemment quand on joue gros jeu.

La femme de chambre leva les bras au ciel.

— Au casino, maintenant ! Milord a accepté de vous emmener dans ce lieu de perdition ?

Lexia pouffa.

— Bien obligé ! Je lui ai dit que s'il ne m'y suivait pas, j'irais seule.

— Vous n'êtes vraiment pas raisonnable.

— J'ai quand même le droit de m'amuser un peu ! Que puis-je craindre à bord du *Maybelle,* s'il vous plaît ?

— Il y a des dangers partout.

En guise de réponse, la jeune fille se contenta de hausser les épaules.

Un peu plus tard, elle sortit de son coffret à bijoux un collier de saphirs.

— Voilà qui va cacher un peu mon décolleté, dit-elle en riant.

Et, un peu par défi, elle lança :

— Je mettrai aussi des plumes d'autruche bleues dans mes cheveux ! Où sont-elles, Daisy ?

En soupirant la femme de chambre alla les chercher dans un tiroir.

— Voilà, mademoiselle. Mais à votre place, j'éviterais de les porter avec cette robe. Vous allez avoir l'air de...

— D'une dame de petite vertu ?

— Je n'irais pas si loin. Disons d'une aventurière.

— Pendant une heure ou deux, je peux m'imaginer que je suis l'une de ces femmes fatales qui hantent les paquebots de croisière, les trains de luxe ou les palaces ! Une femme n'ayant pas froid aux yeux.

— Avez-vous jamais eu froid aux yeux, mademoiselle Lexia ? demanda Daisy d'un ton de reproche.

— Me jugeriez-vous mal, Daisy ?

— Vous savez bien que non, mademoiselle. Mais par moments, j'estime que vous jouez avec le feu. Vous ne savez pas vous arrêter, c'est cela le problème ! Peut-être est-ce dû à votre éducation ? Une éducation un peu trop libre, à mon avis. Il faut dire qu'on n'élève pas les enfants en Amérique comme on les élève en Angleterre.

— Heureusement ! J'ai eu dans le Nouveau Monde une enfance et une adolescence sans contraintes.

— L'ennui, c'est qu'il y a des contraintes dans la vie, et que, à force de les refuser, vous risquez d'avoir des ennuis.

— Bah !

Lorsque, dix minutes plus tard, le marquis vint frapper à la porte de sa cabine, la jeune fille courut lui ouvrir.

— Que pensez-vous de ma tenue de joueuse invétérée ?

Il demeura pendant quelques instants sans voix.

— Vous êtes superbe, murmura-t-il enfin. Mais n'est-ce pas un peu trop, euh...

— Exagéré ?

Lexia rejeta la tête en arrière dans un geste théâtral, de manière à faire ondoyer son panache bleu.

— Daisy a déjà prétendu que j'avais l'air d'une aventurière !

Il eut un sourire ironique.

— Ma foi...

— Avez-vous peur de vous montrer en compagnie d'une personne aussi scandaleuse que moi ?

Il lui prit la main et l'entraîna dans la coursive.

— Vous n'êtes pas scandaleuse, Lexia. Même quand vous vous mettez des plumes d'autruche dans les cheveux. Même quand vous vous habillez en garçon pour monter à cheval. En fin de compte, vous êtes... vous êtes...

— Dites ! N'ayez pas peur des mots.

— Adorable.

— Voilà un très gentil compliment. Merci.

Toutes les têtes se tournèrent vers eux lorsqu'ils firent leur entrée dans la salle à manger des premières.

— L'aventurière passe, chuchota Lexia dans un éclat de rire.

Le marquis paraissait horriblement gêné.

— Je ne sais pas ce que les gens vont s'imaginer. Ils doivent avoir appris que nous sommes frère et sœur. Mais maintenant, ils vont peut-être se poser des questions.

— Pourquoi votre sœur ne pourrait-elle pas être élégante ?

— Il y a élégance et élégance. Ainsi vêtue, personne ne peut vous prendre pour une débutante.

La jeune fille haussa les épaules.

— Vous savez bien qu'une Mlle Malcolm ne peut pas être une débutante. Pas plus qu'une Mlle Drayton, malgré tous ses millions !

— Promettez-moi que, demain, vous vous habillerez de manière plus discrète.

— Je vous le promets! D'ailleurs, je n'ai qu'une robe comme celle-ci, et seulement les trois plumes d'autruche que Daisy m'a fixées sur la tête. Je ne pourrai pas les remettre tous les soirs.

D'un ton sarcastique, elle ajouta :

— Dommage!

Au cours du dîner, Francis parut se calmer. Mais quand ils pénétrèrent dans la salle du casino étincelante de lumières, sa gêne réapparut. On aurait cru que Lexia avait passé sa vie dans les tripots! En tout cas, elle paraissait comprendre exactement ce qui se passait.

— Voyons, nous avons ici une table de baccara, voici la roulette, le chemin de fer, la boule black, le vingt-et-un... Oh! On peut même jouer au poker!

— Dites-moi, qu'avez-vous exactement appris en Californie? demanda le marquis avec méfiance. À part attraper le bétail au lasso?

— Je connais les règles du poker.

— Vous n'allez pas y jouer ici!

— Non?

— Sûrement pas! A-t-on jamais vu une dame jouer au poker?

— Bon! Puisque vous avez tant de principes, je me contenterai de tenter ma chance à la roulette.

— Si vous insistez, fit-il d'un air pincé.

La jeune fille ouvrit son sac et, après avoir échangé un peu d'argent contre des jetons, elle s'empressa de miser sur le 15.

— Pourquoi le 15?

— N'est-ce pas le 15 que le *Maybelle* a appareillé?

— En effet...

Le 15 sortit.

— Voyez, j'ai de la chance! s'exclama la jeune fille en se retrouvant à la tête d'une petite pile de jetons. Vous devriez jouer aussi.

— Non, merci. Il faut que quelqu'un garde la tête froide.

— Pas moi. Vous, si vous voulez !

L'homme qui se trouvait à côté d'elle éclata de rire.

— Voilà une femme pleine d'esprit !

Le marquis adressa au joueur un coup d'œil peu amène. C'était un homme d'une quarantaine d'années visiblement satisfait de lui. Avec sa moustache noire et l'énorme œillet rouge qui ornait sa boutonnière, il avait l'air de l'un de ces noceurs que l'on rencontrait dans les endroits mal famés. D'ailleurs, Francis l'aurait juré : il avait trop bu.

— Sur quel numéro me conseillez-vous de placer mes jetons, madame ?

Lexia n'hésita pas.

— Sur le 25.

La boule se mit à tourner.

— 25, noir, impair... annonça le croupier.

La jeune fille laissa échapper un cri de joie.

— Maintenant, nous partons, dit le marquis en tentant de l'entraîner.

— Ah, non, vous n'allez pas m'abandonner ! s'écria le joueur en saisissant Lexia par le poignet.

Ne venait-il pas de gagner sur un numéro plein grâce à elle ?

— Vous êtes mon porte-bonheur, enchaîna-t-il avec chaleur. Que me conseillez-vous, cette fois ?

— Le 18.

Il mit une bonne partie de ses jetons sur le 18, imité par la jeune fille.

— 18, rouge, pair...

L'homme et Lexia bondirent de joie. Dans son enthousiasme, il l'étreignit.

— Mon charmant porte-bonheur !

Puis il s'inclina et se présenta :

— Alaric Carnoustie.

Le marquis, soudain redevenu très snob, leva les yeux vers le plafond tout scintillant de lumières.

— Moi, commença Lexia, je m'appelle Lex...

— Agnès! coupa le marquis.

— Agnès Malcolm. Et voici mon frère Edward.

— Ah, un frère! s'exclama Alaric Carnoustie. Je croyais que ce monsieur était votre mari.

Lexia pouffa.

— Oh, non! Je ne suis pas mariée. Voyez, je n'ai pas d'alliance.

— Il aurait pu être...

Alaric Carnoustie se pencha vers elle et chuchota quelques mots dans son oreille. De nouveau, la jeune fille pouffa.

— Quelle idée choquante!

— De quoi s'agit-il? J'aimerais bien rire, moi aussi, dit le marquis d'une voix dangereusement calme.

Lexia secoua la tête.

— Vous n'apprécierez pas la plaisanterie.

— Au contraire, j'ai l'intuition que je la trouverais très drôle.

La voix du croupier retentit:

— Faites vos jeux!

— Que dois-je jouer? demanda Alaric Carnoustie. Vite, conseillez-moi, mon ravissant porte-bonheur.

La jeune fille n'hésita pas.

— Le 29.

À sa grande déception, ce fut le 3 qui sortit. Et à partir de ce moment-là, la chance tourna.

— Partons! dit le marquis.

— Oh, pas tout de suite! C'est tellement divertissant!

— Comment pouvez-vous dire cela quand vous n'arrêtez pas de perdre?

Elle eut un geste indifférent.

— Que je perde ou que je gagne, je m'amuse autant.

Alaric Carnoustie, qui ne semblait pas davantage attacher d'importance au fait que sa pile de jetons était maintenant réduite à presque rien, persistait à prétendre que la jeune fille lui portait bonheur.

Chaque fois que le croupier lançait la bille, il en profitait pour s'emparer de la main de Lexia et la presser jusqu'à ce que sorte le numéro. Ces manifestations exubérantes ne semblaient pas déranger la soi-disant Mlle Malcolm. En revanche, le marquis cachait de moins en moins son agacement.

— Il faut absolument que vous me donniez un petit souvenir de cette mémorable soirée, dit Alaric Carnoustie.

En pouffant, la jeune fille ôta l'une des plumes d'autruche que Daisy avait fixées dans ses cheveux et la lui tendit.

— Merci ! Oh, merci ! s'exclama-t-il en lui couvrant la main de baisers.

— Cette fois, c'en est trop ! Nous ne resterons pas ici une seconde de plus, gronda Francis en saisissant Lexia par le bras.

Lorsqu'il voulut l'entraîner de force, elle résista.

— Ce que vous pouvez être rabat-joie ! Si vous ne voulez pas rester, partez. Mais laissez-moi me distraire.

— Vous avez déjà perdu tant d'argent !

— La belle affaire !

Alaric Carnoustie jugea bon d'intervenir :

— Laissez-la donc tranquille ! fit-il avec un rire aviné.

La voix du marquis claqua comme un coup de fouet :

— C'est vous, monsieur, que je prierai de laisser ma sœur tranquille.

— De quoi vous mêlez-vous ? Vous n'êtes que son frère, après tout ! Ce n'est pas comme si...

Carnoustie s'interrompit en voyant l'expression glaciale du marquis.

— Suivez-moi, dit ce dernier à Lexia d'une voix neutre. Ou vous venez de votre plein gré, ou je vous emmène de force. À vous de décider.

Sidérée, la jeune fille leva les yeux vers lui et comprit qu'il ne plaisantait pas.

— Il faut que je m'en aille, dit-elle à Carnoustie. J'ai été ravie de faire votre connaissance.

— Nous aurons sûrement l'occasion de nous revoir, déclara-t-il en lui baisant la main.

— Cela m'étonnerait, fit le marquis entre ses dents serrées.

Il prit Lexia par le bras et l'obligea à quitter le casino. Une fois dehors, il s'écria :

— Avez-vous perdu la tête ? Que vous a-t-il pris ?

— Vous faites une histoire pour rien !

Francis attendit d'être dans la cabine de la jeune fille pour lancer :

— Savez-vous combien vous avez perdu ce soir ?

— Je n'en sais rien : je n'ai pas compté.

— Vous êtes complètement irresponsable !

— C'est votre faute ! Quand je vous ai proposé de garder mon argent, vous avez refusé. Maintenant, acceptez-vous ?

— Si nous ne voulons pas nous retrouver sans un penny à cause de vos dépenses inconsidérées, je crois que ce serait plus sage.

Elle ne perdit pas une seconde pour lui remettre la cassette. Ce qui éveilla tout de suite les soupçons du marquis.

— N'auriez-vous pas monté toute cette mise en scène pour m'obliger à me charger de cela ?

demanda-t-il avec méfiance. C'est que vous en seriez bien capable ! Je commence à vous connaître, vous savez !

— Oui ?

Leurs yeux se rencontrèrent, s'accrochèrent... La respiration coupée, le cœur battant à tout rompre, la jeune fille eut soudain l'impression que le monde venait de s'arrêter de tourner.

— Lexia...

Francis la prit par les épaules et la secoua doucement.

— Quand deviendrez-vous raisonnable ?

— Si nous étions raisonnables, nous ne serions pas ensemble à bord du *Maybelle*.

— Ne changez pas de sujet de conversation.

— Nous ne serions pas ensemble dans ma cabine, reprit-elle.

— Vous avez bien failli me donner un infarctus ce soir ! La manière dont vous vous conduisiez avec ce Carnoustie...

— Attention, Edward ! Vous ne pouvez pas empêcher votre petite sœur de flirter un peu.

— En fait de flirt, vous vous êtes lancée honteusement à sa tête !

Les prunelles très bleues de la jeune fille étincelèrent.

— Mais vous m'insultez !

— La manière dont il vous tenait la main, dont il l'embrassait... Oh, c'était dégoûtant !

— Dégoûtant ! Vraiment, Frank...

Elle n'eut pas le temps d'en dire davantage. Le marquis l'avait attirée contre lui. Il savait qu'il allait se conduire d'une manière qu'il regretterait ensuite, mais ses sens avaient pris le pas sur sa raison.

— Lexia... murmura-t-il d'une voix rauque.

Leurs lèvres étaient toutes proches. La jeune fille ferma les yeux, attendant un baiser qui ne vint pas.

Dans un sursaut, le marquis s'était brusquement redressé.

— Excusez-moi. Je ne sais pas ce qui m'a pris. La colère, l'énervement...

— La jalousie ?

Il fronça les sourcils.

— La jalousie ?

Lexia, au prix d'un effort surhumain, avait déjà réussi à se dominer.

— Mais oui ! lança-t-elle d'un ton léger. Seriez-vous, par hasard, jaloux de ce charmant Alaric Carnoustie ?

— Vous êtes impossible ! fit le marquis entre ses dents serrées.

Et, sans ajouter un mot, il sortit. Un peu plus tard, après être passé à la réception pour obtenir un renseignement, il alla frapper à la porte d'Alaric Carnoustie.

Ce dernier avait dû encore boire car ses yeux étaient injectés de sang dans son visage violacé.

— Vous ? fit-il d'une voix pâteuse. Que voulez-vous ?

Une courte lutte s'ensuivit. Et quand Francis quitta la cabine du joueur, c'était avec le trophée qu'il était venu récupérer : une plume d'autruche bleue.

Lors de l'escale à Barcelone, Francis et Lexia purent descendre se promener dans la pittoresque vieille ville. La jeune fille en profita pour acheter quelques souvenirs sans valeur sur les *ramblas*.

Par jeu, le marquis lui offrit un œillet rouge vif en papier qu'elle s'empressa de planter dans ses cheveux.

— Toute ma vie, je garderai cette fleur, déclara-t-elle. Quand je serai bien vieille et qu'elle aura perdu sa couleur, je penserai à vous, à ce voyage... Il faut que je vous fasse un cadeau pour que vous pensiez à moi quand vous serez vieux.

Et elle lui offrit une épingle de cravate à trois pesetas.

— Je parie que vous n'oserez jamais la mettre! s'exclama-t-elle en riant.

— Au contraire, je la porterai avec beaucoup de fierté.

Ils revinrent à bord à temps pour voir embarquer les nouveaux passagers. Parmi eux, Lexia remarqua tout de suite une très jolie femme brune vêtue d'une robe en satin écarlate au décolleté osé.

— Elle en porte des bijoux! murmura-t-elle. Elle scintille autant qu'un arbre de Noël!

La jolie Espagnole arriva sur le pont, suivie par deux hommes et une femme qui semblaient aux petits soins pour elle et écoutaient chacune de ses paroles presque avec dévotion. Lorsqu'elle aperçut le marquis, elle marqua un temps d'arrêt pour l'examiner de la tête aux pieds. Ce qu'elle vit parut lui plaire car un sourire carnassier vint à ses lèvres écarlates.

Lexia, à laquelle la nouvelle passagère n'avait accordé qu'un regard dédaigneux, était médusée.

— Eh bien, elle ne fait pas mystère de ses intentions! s'exclama-t-elle enfin.

Taquine, elle enchaîna:

— Serait-ce votre riche héritière?

Le marquis frémit.

— J'en doute!

— Quoi qu'il en soit, vous lui plaisez. C'est plus qu'évident!

— Elle me fait peur! fit le marquis dans un éclat de rire. Elle serait capable de vouloir m'avaler tout cru pour le petit déjeuner.

— J'espère pouvoir assister au spectacle.

— Moquez-vous ! Vous aussi, vous avez un admirateur parmi ceux qui viennent d'embarquer.

— Je le sais, soupira-t-elle.

— Je ne pense pas qu'il soit espagnol. Je crois plutôt que c'est un Américain, ou peut-être un Anglais.

Celui dont ils parlaient était un jeune homme relativement séduisant, mais à l'allure un peu vulgaire. Il paraissait très content de lui et, dès le premier regard, Lexia l'avait trouvé antipathique. De plus, elle détestait profondément la manière appuyée dont il la détaillait.

Inconsciemment, elle se rapprocha du marquis comme pour se mettre sous sa protection.

Le soir, à l'heure du dîner, elle s'aperçut que ce passager avait droit à l'une des meilleures tables et que tous les employés du restaurant s'empressaient autour de lui avec obséquiosité.

Au moment où leur propre serveur vint leur apporter le dessert, le marquis lui demanda qui était cet homme.

— C'est M. Storton, monsieur. Son père, qui est armateur, possède le *Maybelle* ainsi que beaucoup d'autres paquebots.

— Vraiment ? fit Lexia en s'efforçant de prendre un air indifférent – ce qui lui était difficile quand Francis la regardait de cet air entendu.

Il attendit que le serveur se soit éloigné pour déclarer d'un ton sarcastique :

— M. Storton ! Voilà peut-être l'homme de votre vie !

— J'espère bien que non ! Quel horrible individu !

— Un peu ordinaire, soit ! Mais sûrement très riche.

Elle haussa les épaules.

— J'ai plus d'argent qu'il ne m'en faut.

— Justement ! S'il s'intéresse à vous, ce ne sera pas pour vos millions.

D'un ton mélodramatique, le marquis poursuivit :

— Ce M. Storton est peut-être celui que vous étiez destinée à rencontrer sur les océans, et...

— Si vous n'arrêtez pas de dire des bêtises, je vous donne un grand coup de pied sous la table. Même s'il possédait tous les bateaux du monde, cet homme continuerait à me déplaire profondément, viscéralement...

Elle s'interrompit car celui dont ils étaient en train de parler s'approchait de leur table. Il les salua.

— Monsieur Malcolm, mademoiselle Malcolm... Permettez-moi de me présenter : Sam Storton.

— Comment savez-vous qui nous sommes ? demanda la jeune fille avec stupeur.

— Facile ! Il m'a suffi de consulter la liste des passagers.

— C'est interdit.

— Rien ne m'est interdit, rétorqua-t-il avec vanité. Et cela, pour la bonne raison que mon père est le propriétaire du *Maybelle*.

Sans même prendre la peine de leur en demander la permission, il s'assit à leur table.

— Je voyage de temps en temps à bord de nos paquebots pour m'assurer que le service y est correctement fait. Mon père ne peut pas se passer de mes rapports.

Pendant dix longues minutes, il se mit à monologuer avec une suffisance insupportable. Enfin, il se leva.

— Si vous avez fini de dîner, voulez-vous m'accompagner dans la salle de bal ? Il faut que j'aille entendre notre nouvel orchestre. Qu'en pensez-vous ?

— Il est excellent, assura le marquis.

— Allons vérifier. Et votre sœur acceptera peut-être de faire un tour de valse avec moi ?

La jeune fille n'en avait aucune envie. Mais elle préférait encore danser plutôt que de rester assise en écoutant ce prétentieux personnage discourir sans fin. Comme elle regrettait de ne plus être seule en compagnie du marquis ! Au moins, jamais elle ne s'ennuyait jamais avec lui.

Sam Storton l'entraîna tout de suite sur la piste. Il la serrait de très près, ce qu'elle trouvait extrêmement désagréable. Mais elle devait reconnaître qu'il dansait assez bien. Pas aussi bien, cependant, que le marquis, avec lequel il lui était arrivé plusieurs fois de valser depuis le début de la croisière. Lorsque son cavalier la ramena près du soi-disant M. Malcolm, la jeune fille espérait que ce dernier allait l'inviter à danser.

Hélas, juste à ce moment-là, l'Espagnole qu'ils avaient remarquée dans l'après-midi vint se planter devant eux. Ce soir-là, elle portait une robe en moire jaune et une rivière de diamants tombait jusqu'à sa taille.

Elle fixa le marquis droit dans les yeux et, avec l'impudence qui semblait la caractériser, lança :

— Il paraît que vous êtes anglais ?

Le marquis se leva et s'inclina.

— Edward Malcolm, se présenta-t-il. Et voici ma sœur Agnès.

La capiteuse beauté brune prit à peine le temps d'adresser un bref regard à la jeune fille.

— Je suis la *señora* Juana-Sofia de Villanueva. On prétend que les sujets de Sa Gracieuse Majesté sont de bien meilleurs danseurs que les Espagnols. Voulez-vous me démontrer si c'est ou non la vérité ? demanda-t-elle dans un anglais teinté d'un très fort accent andalou.

Un homme courtois ne pouvait pas refuser de se plier au désir de cette belle étrangère.

— Je ne pense pas que ce soit vrai, mais je serais très heureux de vous faire danser, madame.

— Pendant ce temps, mon cousin Paco s'occupera de votre sœur.

D'un geste impérieux, elle appela un jeune homme à la peau olivâtre, aux yeux de braise et aux cheveux d'un noir intense.

— Tu fais danser cette jeune fille, ordonna-t-elle.

— Très bien, Juana-Sofia, répondit Paco.

Et, docilement, il vint s'incliner devant Lexia. Agacé de voir que ceux qu'il avait accaparés se faisaient maintenant monopoliser par d'autres, Sam Storton se dirigea vers le bar.

La jeune fille n'était pas mécontente de le voir s'éloigner, même si elle avait le pressentiment qu'il continuerait à s'imposer à eux. Et elle devait reconnaître que le cousin Paco était un bien meilleur danseur que Sam Storton. Et lui, au moins, respectait les convenances et avait assez de tact pour ne pas la presser contre lui.

Un peu plus loin, le marquis et la belle Espagnole tourbillonnaient au rythme de la musique. Lexia évitait de les regarder car – elle ne savait pourquoi –, cela la mettait en colère.

Francis de Wimborton, qui avait prétendu craindre de se faire dévorer tout cru par cette brune incendiaire semblait maintenant apprécier sa compagnie. Son rire résonna plusieurs fois.

De plus en plus fâchée, Lexia s'efforça de s'intéresser à son cavalier.

— Vous avez donc embarqué à Barcelone, dit-elle. Ferez-vous toute la croisière ?

— Je n'en sais rien. C'est Juana-Sofia qui décide. Depuis qu'elle est veuve, elle commande tout.

— Elle est donc veuve ? Y a-t-il longtemps qu'elle a perdu son mari ?

— Six mois.

La belle Espagnole ne s'inquiétait pas de respecter une période minimum de deuil !

— Maintenant, elle rattrape le temps perdu et s'amuse enfin. Son mari était un terrible tyran !

— Pourquoi l'a-t-elle épousé ?

— Parce que ses parents en avaient décidé ainsi. Le *señor* de Villanueva était un homme très riche. Ma cousine a hérité de tout son argent. Elle en profite et elle a bien raison !

Que répondre à cela ? Lexia n'en avait aucune idée.

— Quelles sont les deux autres personnes qui vous accompagnent ?

— La sœur de Juana-Sofia et son mari. Ils sont en voyage de noces.

— Et vous êtes allés avec eux ? demanda la jeune fille avec stupeur.

— Juana-Sofia en a décidé ainsi. Elle a dit qu'à bord d'un paquebot, elle allait sûrement beaucoup s'amuser et, peut-être, trouver un second mari. Un mari qui sera très, très différent du premier !

— Je le suppose, murmura Lexia d'une voix sans timbre.

— Elle espère vivre un grand amour.

— Avec un Espagnol ?

Sans réfléchir, elle enchaîna :

— Il paraît que vos compatriotes sont des hommes passionnés.

Quelle imprudente déclaration ! Paco ne perdit pas une seconde pour la fixer d'un air enflammé en battant des cils et en poussant de profonds soupirs. La jeune fille aurait éclaté de rire si le marquis et Juana-Sofia n'étaient pas passés à ce moment-là devant eux, étroitement enlacés. Le parfum lourd et capiteux de la belle Espagnole assaillit les narines de Lexia.

Agacée d'avoir parlé sans réfléchir, elle lança sans beaucoup de diplomatie :

— Il ne s'agit pas de vous, mais du futur mari de votre cousine. Sera-t-il espagnol ?

Vexé, Paco grommela :

— Non. Elle veut épouser un Anglais. Elle dit que sous une apparence glaciale, ils cachent un tempérament de feu. Elle dit que ce sont de vrais volcans. Elle dit que...

— Elle dit beaucoup de choses, mais elle se trompe, coupa Lexia avec impatience.

— En tout cas, elle semble apprécier la compagnie de votre frère.

La jeune fille serra les dents, plus en colère que jamais. Et, justement, pourquoi était-elle aussi fâchée ? Sa réaction était totalement disproportionnée. Elle ne comprenait pas ce qui lui arrivait.

— J'ai un peu mal à la tête, prétendit-elle. Si cela ne vous ennuie pas, je vais retourner m'asseoir.

Il l'escorta jusqu'à un siège et fit quelques efforts pour entretenir la conversation. Mais comme la jeune fille ne répondait que par monosyllabes, il se lassa et après l'avoir saluée, disparut.

Le regard de Lexia erra sur les danseurs. Elle cherchait le marquis et la belle Juana-Sofia. Et il lui fallut se rendre à l'évidence : eux aussi avaient disparu.

En revanche, qui s'avançait vers elle, l'air avantageux, un sourire fat aux lèvres ? L'horrible Sam Storton.

Feignant de ne pas le voir, elle se leva en hâte, quitta la salle de bal et courut vers sa cabine. Elle ne put s'empêcher de ralentir le pas et de tendre l'oreille en passant devant la porte de Francis. Mais elle n'entendit aucun bruit. Peut-être était-il allé se promener avec Juana-Sofia sur le pont ? Peut-être étaient-ils en train de discuter en tête à tête dans l'un des salons en buvant une coupe de champagne ?

Certes, le marquis était libre !

« Je sais bien que je n'ai aucun droit sur lui, pensa-t-elle. Mais je lui en veux de m'avoir abandonnée ainsi. J'en suis venue peu à peu à le considérer comme mon grand frère. Et un grand frère ne traite pas ainsi sa petite sœur. »

Elle avait demandé à Daisy de ne pas l'attendre et s'en félicita. Mieux valait que sa femme de chambre ne soit pas là : elle ne voulait parler à personne en ce moment.

Elle se mit au lit, mais le sommeil ne vint pas. Elle ne cessait d'imaginer le marquis et la señora de Villanueva flirtant au clair de lune.

Pourtant, jamais elle n'aurait pensé que son Frank pouvait être attiré par une femme pareille. Et pourquoi pas ? Que savait-elle de ses goûts ? Peut-être, justement, aimait-il les créatures excentriques, sensuelles et exotiques comme cette Espagnole ?

« De plus, c'est une riche veuve ! se dit Lexia avec désespoir. Quel rêve pour quelqu'un de désargenté comme lui. Soit, il a promis de veiller sur moi. Mais s'il tombe amoureux d'elle et veut l'épouser, que deviendrai-je ? Car il est bien évident que je ne pourrais pas continuer cette croisière seule. Je ne cesserais d'être importunée par des hommes du genre de Sam Storton ou d'Alaric Carnoustie. »

Lexia n'avait pratiquement pas dormi de la nuit. Ce fut seulement au petit matin qu'elle réussit à se reposer un peu. Lorsqu'elle ouvrit les yeux, le soleil pénétrait à flots dans sa cabine par les hublots dont elle avait oublié de tirer les rideaux.

Une belle journée s'annonçait !

Son sourire disparut dès qu'elle se remémora les événements de la veille. Elle n'avait pas entendu le marquis rentrer dans la cabine voisine ! Peut-être était-il retourné danser avec sa belle Espagnole ? Peut-être l'avait-elle emmené dans sa propre cabine ? Peut-être...

Elle se prit la tête entre les mains et elle se serait probablement mise à pleurer si Daisy n'était pas arrivée.

— Vous êtes toujours au lit, mademoiselle Lexia ? s'écria la femme de chambre avec stupeur. Par ce beau temps, je croyais que vous alliez vouloir vous promener sur le pont ou bien jouer au badminton.

— J'ai la migraine, prétendit la jeune fille.

— Vous n'avez pas pris votre petit déjeuner ?

— Je n'ai pas faim.

— Il faut quand même que vous mangiez quelque chose.

— Pouvez-vous demander que l'on m'apporte un plateau, s'il vous plaît, Daisy ?

Un peu plus tard, elle était en train de grignoter un toast en buvant une tasse de thé à petites gorgées quand on frappa à sa porte. Daisy alla ouvrir.

— C'est milord, mademoiselle Lexia.

— Puis-je entrer ? demanda le marquis. Mlle Lexia est-elle visible ?

— Elle est toujours au lit, milord. Elle ne se sent pas très bien ce matin.

La jeune fille se couvrit les épaules de sa liseuse en satin.

— Vous pouvez venir !

Il entra et, sans façon, s'assit au bout du lit.

— Vous avez disparu si vite, hier, que j'ai cru que vous étiez passée par-dessus bord.

— C'était vous qui aviez disparu !

— Pas plus de cinq minutes. Cette *señora* de Villanueva s'y entend pour accaparer les gens. Pourquoi êtes-vous partie ?

— Après avoir dansé avec Paco, j'ai vu Sam Storton se diriger vers moi d'un air conquérant.

D'un ton où perçait un certain reproche, elle poursuivit :

— Et comme vous n'étiez pas là pour me protéger, j'ai préféré m'éclipser.

Francis parut confus.

— J'étais aux prises avec cette Juana-Sofia dont j'ai eu toutes les peines du monde à me débarrasser.

Déjà rassurée, Lexia sourit.

— Vous devriez réfléchir avant de dire qu'elle ne vous convient pas. Elle est jolie et très riche. Savez-vous seulement qu'elle a beaucoup d'argent ?

— Elle n'a pas manqué de me l'apprendre. Je sais aussi qu'elle est en quête d'un second mari.

Il leva les yeux au ciel.

— Un Anglais, de préférence ! Grâce au ciel, ils ont l'intention de débarquer à Marseille.

— Pour de bon ? demanda Lexia, sans encore oser croire en sa chance.

— Pour de bon.

— Ouf ! Quel soulagement ! Voyez-vous, je craignais que vous ne soyez tombé amoureux d'elle, et je me demandais avec angoisse ce que j'allais devenir.

— Voyons, Lexia...

Elle frissonna.

— Vous aviez l'air fasciné par cette capiteuse beauté. Vous n'aviez d'yeux que pour elle. Vous...

— Je ne suis pas aussi stupide que vous semblez le croire, coupa le marquis avec gravité. Juana-Sofia de Villanueva est très belle et a beaucoup de personnalité – pour ne pas dire trop. Mais ce ne sera jamais pour une femme comme elle que je risque de perdre la tête.

Le sourire de Lexia s'agrandit. Comment avait-elle pu s'affoler à propos de rien? Non, son Frank n'était pas idiot! Pas au point, en tout cas, de se laisser éblouir par la première créature venue.

— Vous êtes très jolie au lit, avec vos magnifiques cheveux tombant librement sur vos épaules, dit-il soudain.

Elle se sentit rougir à ce compliment inattendu.

— Vous n'êtes pas censé me voir au lit. Les conventions...

— Au diable les conventions!

Il éclata de rire.

— Et ne suis-je pas votre frère?

Il se leva.

— Mais vous avez raison. Je n'ai rien à faire ici. Je vais aller prendre mon petit déjeuner, et pendant ce temps, vous pourrez vous préparer tranquillement. Si du moins vous vous sentez assez bien pour vous lever?

— Oh, je vais beaucoup mieux, prétendit-elle avec aplomb.

— Dans ce cas, à tout de suite!

Après son départ, la jeune fille contempla longuement la porte. Son cœur battait à tout rompre, tandis que les mots du marquis résonnaient sans fin à ses oreilles:

Vous êtes très jolie au lit, avec vos magnifiques cheveux tombant librement sur vos épaules.

Vous êtes très jolie. Très jolie...

7

Lorsque le marquis vint frapper à la porte de Lexia, un peu plus tard, elle était prête.

— Savez-vous ce que nous allons faire ? demanda-t-il.

— Une partie de badminton ?

— Si vous voulez, fit-il avec amusement. Mais c'était une autre proposition que j'avais en tête.

— Dites !

— Vous allez m'aider à résister aux attaques de Juana-Sofia de Villanueva et, en contrepartie, je vous aiderai à résister à celles de Sam Storton.

Elle lui tendit la main.

— Marché conclu !

Et, dans un éclat de rire :

— Quand vous parlez d'attaques, on pourrait trouver le mot un peu fort. Mais il ne pourrait pas être mieux choisi. Car c'est bien d'attaques qu'il s'agit !

— Hélas !

D'un ton sarcastique, Francis de Wimborton poursuivit :

— Nous sommes des proies pour ces grands fauves. Mais, ensemble, nous échapperons à ces vilains prédateurs.

— Avec vous, je me sens toutes les audaces.

Elle leva les yeux vers lui avec une infinie confiance.

— Jamais je ne pourrai vous remercier assez de m'avoir accompagnée dans ce voyage.

— Je vous en prie!

— Je me rends compte, maintenant, que j'aurais pris de grands risques en partant seule. Car ce n'est pas Daisy qui aurait pu me défendre contre les entreprises d'hommes comme Sam Storton! Ah, si seulement il pouvait avoir la bonne idée de débarquer à Marseille, comme votre Juana-Sofia!

Le marquis éclata de rire.

— Vous avez une manière de parler si naturelle, si amusante...

— Je dis ce que je pense. C'est peut-être un tort. Je n'ai qu'une seule excuse: j'ai été élevée en Amérique où l'on ne mâche pas toujours ses mots. J'ai déjà eu le temps de remarquer que les jeunes Anglaises étaient beaucoup plus réservées.

En s'esclaffant, elle poursuivit:

— Elles tournent sept fois leur langue dans leur bouche avant de dire quoi que ce soit.

Après s'être joint à son hilarité, Francis retrouva son sérieux.

— Donc, nos prochaines escales sont Marseille, puis Naples... Êtes-vous heureuse de voir ces villes?

— Oui, bien sûr! Mais j'ai hâte d'arriver à Athènes et de rêver à la Grèce antique. À tous les dieux que les anciens vénéraient: Poséidon, le dieu de la mer, Zeus, Apollon, Arès, le dieu de la guerre, Aphrodite...

— La déesse de l'amour, termina le marquis à sa place.

Il la regardait et, sans raison, elle devint écarlate. Elle rougissait beaucoup ces derniers temps, ce qui l'étonnait, elle qui s'était toujours flattée de pouvoir se dominer en toutes circonstances.

— L'amour... reprit Francis, pensif. Le trouverons-nous au cours de ce voyage ?

— Pour moi, c'est fait ! lança la jeune fille.

Le marquis se sentit soudain glacé.

« Wayne Freeman ? » faillit-il demander. Mais il n'en eut pas le temps.

— C'est de Sam Storton, bien sûr, que je suis tombée follement amoureuse ! s'exclama Lexia.

Le marquis recommença à respirer normalement.

— Je croyais que vous lui préfériez Alaric Carnoustie.

— Malheureusement, ce cher Alaric a débarqué à Barcelone. Un peu plus tôt que prévu...

— Cela ne me surprend pas, murmura Francis.

— Si vous me rendiez ma plume bleue ?

Le marquis sursauta.

— Que... que voulez-vous dire ?

— Avant de partir, Alaric Carnoustie m'a dit deux mots. Deux mots très intéressants... Alors, où est ma plume bleue ?

— Je préfère la garder. Car vous êtes capable de la donner au premier venu, ce que, en tant que frère, je désapprouve totalement.

Lexia se remit à rire.

— Je n'ai pas encore offert de plume à M. Storton. Pourtant, je suis sûre qu'il aimerait cela...

— Agnès, vous êtes impossible ! fit le marquis avec une sévérité que ses yeux démentaient.

Ce fut avec satisfaction que Lexia vit la *señora* Juana-Sofia de Villanueva ainsi que sa petite suite quitter le *Maybelle*. Francis, qui s'était contenté de saluer de loin la brune incendiaire, prit la jeune fille par la main.

— Et maintenant, allons visiter Marseille, le vieux port et la Canebière !

Après l'escale de Marseille, le voyage se poursuivit tranquillement – et beaucoup plus agréablement maintenant que Juana-Sofia et sa suite ne faisaient plus partie des passagers.

À l'escale de Naples, qui durait quarante-huit heures, Francis et Lexia firent beaucoup de tourisme. Ils poussèrent jusqu'à Pompéi et se rendirent même à Capri et à Sorrente.

Le deuxième jour, ils regagnèrent le *Maybelle* en fin d'après-midi, fatigués mais ravis.

Lexia n'était cependant pas épuisée au point de ne pas regarder embarquer les nouveaux passagers. Francis la suivit sur le pont avec une certaine réticence. Il craignait toujours de rencontrer des gens de connaissance et de se retrouver dans une situation délicate. Certes, il y avait beaucoup moins de risques à Marseille qu'à Gibraltar ! Mais savait-on jamais ?

Soudain, le visage de la jeune fille s'anima.

— Oh ! Ce n'est pas possible ! Je rêve !

Le marquis se tourna vers elle.

— Qu'avez-vous donc vu ?

Elle ne répondit pas. Elle paraissait transfigurée. Soudain, elle bondit et se précipita en avant.

— Wayne !

— Lexy !

Une seconde plus tard, elle se précipitait dans les bras que lui ouvrait un grand jeune homme blond à l'allure sportive et au visage tanné par la vie au grand air.

Son ombrelle tomba par terre sans même qu'elle s'en aperçoive. Francis la ramassa et attendit, un peu à l'écart, qu'ils en finissent avec leurs démonstrations exubérantes et veuillent bien remarquer sa présence.

Cette rencontre inattendue sonnait le glas de tous les espoirs qu'il avait pu nourrir dans le secret de son cœur.

— Oh, Wayne ! C'est merveilleux !

— Quelle surprise ! Ah, si je m'attendais à cela, ma petite Lexy !

— Ne m'appelez pas ainsi, Wayne !

— C'est vrai, votre père détestait que je dise Lexy. Où est-il ?

— En Angleterre. Je voyage incognito.

— Quelle drôle d'idée ! Pourquoi ?

— Il faudra que vous dîniez avec nous et je vous expliquerai tout. En attendant, permettez-moi de vous présenter mon frère Edward.

Wayne parut stupéfait.

— Vous avez un frère ? Je ne me souviens pas de cela. Votre père disait toujours que vous étiez sa fille unique et qu'il n'était pas question que vous épousiez un bon à rien de mon genre parce que...

— Wayne, si vous vous taisiez un instant ? Cela me permettrait de placer un mot !

— Pardon !

Il avait l'air si confus qu'elle éclata de rire. Puis elle se précipita de nouveau dans ses bras.

— Oh ! Je suis si contente de vous revoir !

— Et moi, donc, ma petite Lexy ! En tout cas, c'est une bonne chose que votre père ne soit pas là. S'il nous voyait ainsi, il sortirait son fusil et je me retrouverais criblé de petits plombs !

« Le cribler de petits plombs ? Ce ne serait pas si bête ! » se dit le marquis en crispant les mâchoires.

— Donc, voici mon frère, M. Edward Malcolm, dit Lexia. Et je suis sa sœur Agnès.

Wayne Freeman sursauta.

— Quoi ?

Lexia baissa la voix.

— Nous ne sommes pas vraiment frère et sœur. Nous prétendons l'être.

— Quelle histoire de fous !

Soudain incapable d'en supporter davantage, le marquis déclara :

— Excusez-moi. Je vais aller me préparer pour le dîner.

Au prix d'un visible effort, il se tourna vers Wayne et lui adressa un bref salut.

— Monsieur Freeman...

— Hé, vous connaissez mon nom !

— Ma... euh, ma sœur m'a parlé de vous. Nous aurons l'occasion de nous revoir au restaurant. À tout à l'heure.

Sur ces mots, il s'éloigna à grandes enjambées. Il eut cependant encore le temps d'entendre Wayne Freeman s'écrier :

— Ah, ma petite Lexy ! Si vous saviez comme je suis heureux de vous retrouver !

— Moi aussi.

— Où pouvons-nous nous installer pour bavarder tranquillement ? J'ai tant de choses à vous dire !

D'autorité, il entraîna la jeune fille vers l'un des salons. Une fois qu'ils se retrouvèrent assis face à face dans de confortables fauteuils, Lexia se dit qu'il fallait mettre les choses au point sans tarder. Un peu mal à l'aise, elle s'éclaircit la gorge avant de déclarer :

— Il faut que vous sachiez, Wayne, que je vous ai toujours considéré comme un grand frère et...

Elle s'interrompit en fronçant les sourcils. Et Frank ? Ne le considérait-elle pas *aussi* comme un frère ? Après un instant de réflexion, elle décida que non. Ce n'était pas du tout la même chose. Mais alors, pas du tout ! D'ailleurs, si elle était honnête, elle devait admettre que ses sentiments avaient changé au cours du voyage. Comment était-ce possible ? Que s'était-il passé ?

Elle n'eut pas le temps d'approfondir ce sujet. Wayne venait de lui prendre les mains avec la gaucherie d'un gros ours.

— Quant à moi, je vous ai toujours traitée comme ma petite sœur, fit-il d'un ton bourru. Il n'y a jamais eu autre chose entre nous qu'une grande amitié. C'est votre père qui s'est imaginé stupidement je ne sais quoi. Et tout le monde sait que lorsque M. Drayton se met quelque chose en tête, il est pratiquement impossible de le faire changer d'avis.

— C'est bien vrai, soupira la jeune fille.

— Lexy, il faut que vous m'aidiez !

— Je ne demande pas mieux, si du moins c'est dans mes possibilités. De quoi s'agit-il ?

— Eh bien... j'ai rencontré la femme de ma vie !

— Félicitations ! s'exclama Lexia avec un grand sourire. Comment s'appelle l'heureuse élue ?

— Ann Grant.

— Vous aime-t-elle ?

— Autant que je l'aime.

— À quand le mariage ?

Wayne soupira.

— Ah, ce n'est pas si simple ! Son père, un diplomate britannique, occupait à New York le poste de troisième secrétaire à l'ambassade. Il vient d'être envoyé en Grèce en tant que premier secrétaire. Il s'imagine être devenu un monsieur très important et refuse de donner sa fille à quelqu'un de mon genre.

Après un silence, il murmura :

— C'est très curieux. Pas plus votre père que celui d'Ann ne me jugent comme un homme sérieux. Or, ce n'est pas parce que je sais m'amuser et que je prends la vie du bon côté que je n'ai pas la tête sur les épaules. J'ai de l'argent, je peux offrir à celle que j'aime une existence de rêve.

— Que veut de plus ce M. Grant?

— Il rêve de voir sa fille titrée.

Lexia secoua la tête avec stupeur.

— Les Anglais ne pensent donc qu'aux titres?

— C'est curieux, n'est-ce pas?

— En effet... Et par quel heureux hasard vous trouvez-vous à bord du *Maybelle,* Wayne?

— Je suis en route pour Athènes, où je vais retrouver ma dulcinée, bien évidemment. Mais il me faudra faire preuve d'une prudence de Sioux. Car si M. Grant sait que je suis dans les parages, il est capable d'enfermer sa fille.

— Quelle histoire!

— Peut-être pourrez-vous m'aider à approcher Ann sans éveiller les soupçons de son père?

— Je ne demande qu'à vous rendre service, vous le savez bien, Wayne.

— Et vous? Que faites-vous avec ce M. Malcolm? Je parie que ce n'est même pas son nom!

— Pourquoi dites-vous cela?

— Puisque vous ne vous appelez pas Agnès Malcolm, je ne vois pas pourquoi *lui* s'appellerait vraiment Edward Malcolm. Qui est-ce?

— Je ne peux pas le dire.

— Il vous a enlevée? Vous allez vous marier en secret?

— Oh, non! Je le considère comme un frère.

Wayne parut vexé.

— Je croyais que c'était moi, votre grand frère!

— Vous l'êtes aussi.

— Vous les collectionnez, ma parole!

Comprenant que son ami était froissé, Lexia se hâta de changer de sujet de conversation.

— Donc, vous allez retrouver une certaine Ann Grant à Athènes ?

— Attendez que je vous explique ! Il va y avoir une grande réception à l'occasion d'une importante découverte archéologique. Ann et son père y seront bien évidemment invités, ainsi que les passagers de première classe du *Maybelle* ! Du moins ceux qui auront acheté des billets.

— Vous en êtes sûr ?

— Vous pensez bien que je me suis renseigné avant de prendre ce bateau. Ann, avec laquelle j'ai pu communiquer par écrit sans que son père se doute de quoi que ce soit, est prête à s'enfuir avec moi le soir de cette fête.

Lexia hocha la tête.

— Je commence à comprendre. Son père ne doit pas avoir le moindre soupçon ?

— Non, bien évidemment. Or, si je me présente seul, les choses risquent de tourner mal. En revanche, si l'on me prend pour un ami ou un parent des Malcolm, je peux passer inaperçu.

— Cela reste à voir, murmura la jeune fille, peu convaincue. Mais sachez à l'avance qu'Edward et moi ferons tout ce qui est en notre pouvoir pour vous faciliter la tâche.

— Merci, Lexy ! Je n'en attendais pas moins de vous.

Le soir venu, Wayne vint le premier frapper à la porte de la jeune fille. Daisy contempla avec une visible admiration ce géant blond au teint hâlé qui portait une queue-de-pie comme personne.

Lexia était ce soir-là en bleu saphir. Une couleur qui s'harmonisait merveilleusement bien avec celle de ses yeux.

Lorsque Wayne laissa échapper un sifflement admiratif, elle éclata de rire.

— Si mon père vous entendait, il serait horriblement choqué !

— Mais votre père n'est pas là, et tout nous est permis.

En tendant un écrin à Lexia, il ajouta :

— Je parie qu'il n'aimerait pas non plus que je vous offre ce petit cadeau. Pourtant, il me semble que je vous dois bien cela pour avoir promis de m'aider ! J'ai eu de la chance : il y a une excellente joaillerie à bord.

La jeune fille admira comme il convenait le très joli pendentif en diamants qu'elle découvrit dans l'écrin.

— Ce bijou ira très bien avec ma robe.

— Laissez-moi vous le mettre au cou.

Wayne était en train de fixer le pendentif quand on frappa de nouveau à la porte. Cette fois, ce fut le marquis qui fit son entrée.

Il marqua un temps d'arrêt en voyant Wayne et Lexia si proches.

« Il lui offre des diamants, maintenant ! »

Il avait remarqué ce pendentif dans la vitrine du joaillier. Il aurait aimé l'acheter pour Lexia. Mais avec quel argent ?

Sa stupeur ne connut plus de bornes quand la jeune fille lui adressa un grand sourire. Elle n'avait donc aucun sens des convenances ?

En tout cas, Wayne Freeman semblait avoir une fortune suffisante pour ne pas s'intéresser à celle des Drayton. C'était peut-être un point en sa faveur, mais cela ne le rendait pas plus sympathique aux yeux du marquis.

— Vous êtes prêts ? lança-t-il avec brusquerie.

— Oui, dit Lexia. Mais avant cela, laissez-moi vous expliquer…

Il haussa les épaules.

— Ce n'est pas la peine. J'ai compris. Et, de toute manière, on n'a pas besoin de donner d'explications à son frère. Bon, nous y allons ?

Froissée par sa soudaine sécheresse, elle le toisa sans aménité.

— Allons-y.

Et, lui tournant le dos, elle s'empara du bras de Wayne qui lui tapota gentiment la main tandis que, derrière eux, le marquis crispait les poings. Une fois qu'ils se retrouvèrent dans la salle du restaurant, les choses ne s'arrangèrent pas. Loin de là !

Lexia en voulait à son Frank de la traiter avec une pareille froideur. Mais, pour rien au monde, elle ne lui aurait montré qu'un tel comportement la faisait souffrir.

Quant à Wayne, qui n'était pourtant pas le plus subtil des hommes, il sentait que l'atmosphère était très tendue. Pendant que le marquis choisissait avec le sommelier le vin qui accompagnerait leur dîner, il demanda à mi-voix :

— Lexy... Il n'est pas fâché parce que je suis là ?

— Pas du tout. Je vous l'ai dit : c'est juste un frère pour moi.

C'est juste un frère pour moi. Francis n'avait entendu que ces derniers mots. Ainsi, c'était bien vrai ! Lexia était amoureuse de ce Wayne Freeman !

Il ne pouvait pas dire qu'il approuvait son choix. Cet Américain avait l'air d'un grand chien fou, au mieux un adolescent prolongé. Soit, il était grand, beau, blond et bronzé. Lexia ne voyait peut-être pas plus loin ?

Il s'obligea à un minimum de courtoisie :

— Avez-vous l'intention de rester longtemps à bord du *Maybelle*, monsieur Freeman ?

— Hé, appelez-moi Wayne !

— Si vous y tenez, répondit le marquis d'un ton glacial.

— Je vais jusqu'à Athènes pour assister à une grande réception.

— Nous pourrons tous y aller, déclara Lexia. Wayne dit que les passagers de première du *Maybelle* ont droit à des billets. Il ne faut pas manquer cela !

— Pourquoi pas ? fit le marquis avec une indifférence appuyée.

Ce fut avec soulagement que Lexia vit arriver la fin de ce repas. Ils se rendirent tous les trois dans la salle de bal et Wayne invita tout de suite la jeune fille à danser.

— Eh bien, il n'est pas drôle, votre soi-disant frère !

— Il est de mauvaise humeur, je me demande pourquoi.

— Il s'imagine peut-être qu'il y a quelque chose entre nous ? Il est jaloux ?

Lexia sentit les battements de son cœur s'accélérer.

Son Frank ? Jaloux ? Elle n'osait y croire... Ce serait trop beau ! Il fallait absolument qu'elle découvre si c'était vrai ou pas. Oh, comme elle avait hâte de retourner à leur table !

Enfin, l'orchestre se tut et Wayne la ramena à sa place. Mais, à la grande déception de la jeune fille, le marquis avait disparu.

Un serveur s'approcha.

— Le monsieur qui était là est parti. Il m'a chargé de vous dire de passer une bonne soirée.

Ils arrivèrent pendant la nuit à Athènes. Lorsque Lexia se réveilla, le lendemain matin, le *Maybelle* était à quai dans le port du Pirée.

La joie de la jeune fille à la perspective de découvrir la Grèce se trouvait ternie par l'attitude du marquis. Ce dernier se montrait de plus en plus froid et de plus en plus lointain – pour ne pas dire de plus en plus désagréable.

— Puisque vous avez insisté, j'ai réservé trois billets pour la réception, avait-il dit la veille d'un air pincé.

Ils étaient tous les trois en train de dîner dans la salle à manger des premières. Comme si cela allait de soi, Wayne partageait tous leurs repas.

— Combien vous dois-je, Edward ? demanda-t-il.

— Rien du tout, répondit le marquis du même ton pincé. C'est un plaisir pour moi de vous inviter, monsieur Freeman.

Car, en dépit des objurgations de ce dernier, il n'avait jamais réussi à appeler Wayne autrement.

Lexia passa une bonne partie de l'après-midi à se préparer. Elle choisit de porter l'une de ses plus jolies robes du soir : une création parisienne en mousseline de soie d'un rose si pâle qu'il paraissait blanc. Un étroit diadème de diamants ornait ses cheveux et elle avait autour du cou le pendentif que lui avait offert Wayne.

— Vous êtes bien jolie, mademoiselle Lexia ! s'exclama sa femme de chambre.

— Grâce à vous, Daisy ! Vous êtes la seule capable de me coiffer correctement. Qu'allez-vous faire ce soir ?

— Me promener en ville, mademoiselle.

— Attention ! Je ne sais pas si les rues d'Athènes sont si sûres que cela.

— Oh, je ne serai pas seule ! Le valet de milord m'accompagnera.

— Je croyais que vous ne pouviez pas le supporter !

— C'était une première impression, mademoiselle Lexia. J'ai appris à mieux le connaître et je dois dire maintenant que je le trouve très sympathique.

— Tiens, tiens ! lança la jeune fille d'un ton plein de sous-entendus.

Un peu vexée, Daisy rétorqua :

— Je me demande si l'un de vos soupirants va se déclarer ce soir, mademoiselle Lexia. Lequel ? Cela reste à voir.

La jeune fille préféra ne pas répondre. Elle savait bien que Wayne ne pensait qu'à une autre ! Quant au marquis, après avoir été le plus merveilleux des compagnons de voyage, il semblait maintenant se désintéresser complètement d'elle.

Ce soir-là, Francis de Wimborton arriva le premier dans la cabine de Lexia.

— Vous êtes absolument ravissante ! s'exclama-t-il, visiblement sous le charme.

Son regard s'arrêta sur le pendentif et son expression se rembrunit. Wayne les rejoignit à ce moment-là. Il avait l'air à cran. Sans même remarquer que la jeune fille portait son pendentif, il déclara :

— Notre calèche nous attend sur le quai.

Dans la voiture qui les emmenait vers le centre de la ville, Wayne paraissait de plus en plus nerveux.

— Du calme, Wayne ! lui dit Lexia. Vous verrez, tout se passera bien.

Le marquis haussa les sourcils.

— Comment cela ?

— Ce n'est pas ma faute, soupira Wayne. Quand je pense à tous ces diplomates, je me sens horriblement intimidé.

— Des diplomates ? s'écria Francis. Je croyais que cette réception était donnée à l'occasion d'une importante découverte archéologique.

— Oui, répondit Wayne. Mais c'est à l'ambassade de Grande-Bretagne qu'elle aura lieu. Il y aura des historiens, naturellement, mais vous pensez bien que tous les diplomates en poste à Athènes seront là !

Le marquis jura entre ses dents.

— Si je m'attendais à cela ! Désolé, je ne peux pas vous accompagner.

— Pourquoi ?

— L'ambassadeur britannique à Athènes n'est autre que lord Symons, l'un des meilleurs amis de mon père ! Et il y aura sûrement d'autres personnes que j'ai connues autrefois. N'oubliez pas que je suis allé à Eton et à Oxford, comme la majorité des membres du corps diplomatique.

Il secoua la tête.

— Non, non, je ne peux pas me montrer là-bas.

Lexia porta la main à sa bouche d'un air horrifié.

— Que faire ?

Le marquis haussa les épaules.

— C'est très simple : vous allez à cette réception en compagnie de M. Freeman. Quant à moi, je rentre à bord.

— Ce n'est pas possible ! s'écria la jeune fille, pas très rassurée à la perspective de devoir retourner seule au port, une fois que Wayne se serait enfui avec Ann Grant.

Le marquis demeura ferme :

— Réfléchissez, Lexia ! Une fois que l'on saura qui je suis, comment pourrais-je expliquer votre présence à mes côtés sans causer un terrible scandale ?

— Rien de plus facile ! Nous allons là-bas séparément. Vous vous présentez deux minutes avant Wayne et moi. Ainsi, nul ne fera le rapprochement entre nous. Et comme M. Freeman n'est pas davantage connu que Mlle Drayton dans la haute société européenne, il n'y aura aucun scandale.

— Croyez-vous que... commença Francis d'un air dubitatif.

— Pas de problème, assura Wayne en étreignant la main de la jeune fille. Je veillerai sur Lexy.

— Je m'en doute ! fit le marquis avec amertume.

Ces deux-là n'avaient pas perdu de temps à se liguer contre lui ! S'ils annonçaient leurs fiançailles ce soir, il n'en serait pas autrement étonné.

Il serra les dents.

— Très bien. Ce sera comme vous voulez.

Et, d'un ton dur, il enchaîna :

— À partir de maintenant, nous ne nous connaissons plus. Nous voyageons simplement à bord du même bateau.

Choquée et peinée par son attitude, Lexia joignit les mains dans un geste inconscient.

— Frank ! s'écria-t-elle.

Mais il feignit de ne pas avoir entendu son appel suppliant.

Un peu plus tard, la jeune fille fut bien obligée de reconnaître qu'ils avaient évité la catastrophe de près ! Lorsque Wayne et elle firent leur entrée dans le grand hall tout illuminé de l'ambassade britannique, le marquis, qui les y avait précédés, était déjà entouré par l'ambassadeur et sa femme, ainsi que par plusieurs messieurs visiblement importants.

— Wimborton, quelle surprise !

— Quel plaisir !

— Par exemple ! J'étais loin de m'attendre à vous voir à Athènes !

Si tout le monde s'empressait autour du marquis, personne ne semblait remarquer Wayne et Lexia.

— Mais qui est ce soi-disant Edward Malcolm ? demanda le jeune Américain à Lexia.

Étant donné les circonstances, il n'y avait plus de raison pour qu'elle garde le secret.

— Le marquis de Wimborton.

— Un marquis ! s'exclama Wayne, sidéré.

Soudain, il se raidit.

— La voilà ! La jolie brune en vert, là-bas... Elle est avec son père. Oh, mon Dieu ! Il m'a vu ! Lexia, au secours !

La jeune fille lui prit la main en lui adressant le plus éblouissant de ses sourires.

— Si, après cela, M. Grant n'est pas persuadé que je vous adore et qu'il n'a plus rien à craindre de vous, je veux bien être pendue ! chuchota-t-elle.

Le père d'Ann parut tranquillisé. En revanche, le visage du marquis s'était encore durci. Quant à la fiancée de Wayne, elle était devenue d'une pâleur de cire.

Wayne porta la main à son cœur.

— Elle s'imagine que... que vous et moi...

— Ne vous inquiétez pas, lui dit Lexia. J'irai lui expliquer ce qui se passe.

Ils donnèrent leurs noms à un huissier qui les annonça. L'ambassadeur les salua courtoisement, mais avec une indifférence manifeste. Pour lui, ces deux visiteurs n'étaient autres que des touristes ayant obtenu leurs invitations à bord d'un paquebot de croisière.

M. Grant, le premier secrétaire d'ambassade, adressa un regard méfiant à Wayne avant d'examiner Lexia. Il ne tarda pas à paraître tout à fait rassuré. Sa fille n'avait plus rien à craindre des avances du jeune Américain : il l'avait déjà oublié et ne s'intéressait plus qu'à cette jolie blonde en robe rose.

Ann, qui paraissait bien près d'éclater en sanglots, courut se réfugier dans les toilettes.

— C'est le moment, murmura Lexia.

Sans perdre une seconde, elle alla rejoindre la jeune fille qu'elle trouva effondrée devant un miroir. Dès qu'Ann l'aperçut, elle eut un mouvement de recul et s'apprêta à fuir. Lexia la retint par le poignet.

— Attendez ! J'ai un message pour vous : Wayne vous aime. Il n'aime et n'aimera jamais que vous. Tout suit son cours comme prévu.

— Mais... mais qui êtes-vous ? interrogea Ann d'une voix tremblante. Que faites-vous avec lui ?

— Il fallait bien donner le change à votre père ! Si Wayne s'était présenté seul ce soir, M. Grant aurait été capable de lui interdire l'accès de l'ambassade.

Ann s'essuya les yeux dans un geste machinal.

— Je... je croyais que...

— J'ai bien compris ce que vous pensiez.

Avec un sourire chaleureux, Lexia poursuivit :

— Vous n'avez rien à craindre de moi. Je suis là pour vous aider. Je vous jure qu'il n'y a rien entre Wayne et moi.

Un soupir gonfla sa poitrine.

— C'est un autre que j'aime, ajouta-t-elle à mi-voix, comme pour elle seule. Hélas, il n'éprouve qu'indifférence à mon égard !

Les yeux d'Ann étaient maintenant pleins d'espoir.

— Wayne est venu me chercher comme prévu ? Vraiment ?

— Mais oui. Cependant, il n'ose pas vous approcher, car votre père se douterait immédiatement de quelque chose.

— Comment faire ?

— Feignez de l'ignorer de manière à endormir complètement les soupçons de votre père. Lorsque le moment sera venu de fuir, je me chargerai de tout.

— Vous êtes si gentille ! Pourquoi faites-vous cela pour moi ? Vous ne me connaissez même pas.

— Mais j'ai bien connu Wayne en Amérique. Il vous racontera cela... Je le considère un peu comme mon frère et je suis heureuse de pouvoir lui rendre service.

Tout se passa comme l'avait prévu Wayne. Au moment où la fête battait son plein et où M. Grant tenait une discussion animée avec plusieurs messieurs, il se pencha vers Lexia, qui ne le quittait guère.

— Je pars le premier. Vous me suivez avec Ann. Nous nous retrouverons tous dans la calèche.

— Très bien.

Dès que Wayne disparut, Lexia adressa un signe presque imperceptible à la jeune fille. Cette dernière comprit immédiatement et la rejoignit.

Lexia chercha le marquis des yeux. Elle aurait bien voulu le mettre au courant, en deux mots, de ce qui se passait. Hélas, il était invisible !

« Tant pis ! se dit-elle. Je n'aurai plus qu'à lui expliquer tout cela lorsque nous nous retrouverons à bord du *Maybelle*. »

M. Grant était toujours en train de pérorer avec importance quand les deux jeunes filles se dirigèrent vers le hall. Une fois dehors, elles virent que Wayne leur faisait de grands signes. Rassemblant leurs jupes, elles se mirent à courir vers lui.

À ce moment-là, un homme se lança à leur poursuite.

— Attendez-moi !

— Vite, vite ! cria Lexia.

Elle poussa Ann dans la calèche avant d'y sauter à son tour. Elle ne voyait pas d'autre solution. En effet, comment aurait-elle pu retourner à l'ambassade et demander au marquis de la ramener au port ? Tout d'abord, ils n'étaient pas censés être amis. *À partir de maintenant, nous ne nous connaissons plus*, lui avait-il dit d'un ton dur. Ces paroles lui faisaient encore si mal !

Le cocher, auquel Wayne avait dû donner des instructions, fouetta ses chevaux.

— Attendez-moi !

La voiture s'ébranlait quand la portière s'ouvrit. Un homme trébucha sur le marchepied et s'affala entre les banquettes. Lexia ouvrit de grands yeux.

— Monsieur Storton !

— Ah ! Vous connaissez cet homme, Lexy ? fit Wayne, rassuré.

— Oui... murmura-t-elle sans beaucoup d'enthousiasme.

Elle qui croyait que Storton avait débarqué à Naples était plutôt étonnée de le retrouver à Athènes. Il se redressa en jurant et s'assit à côté d'elle.

— Vous auriez pu m'attendre, quand même !

La jeune fille ne jugea pas utile de lui répondre. Le plus important, pour l'instant, était de protéger la fuite de Wayne et d'Ann. Ceux-ci se tenaient par la main et se regardaient dans les yeux avec adoration.

« Les amoureux sont seuls au monde », pensa Lexia avec une pointe de jalousie.

Ils roulèrent pendant environ deux kilomètres, puis la calèche s'arrêta à la hauteur d'une voiture qui attendait au coin d'une rue mal éclairée. Lexia savait que Wayne était allé à terre en début d'après-midi pour organiser tout cela.

Les deux jeunes gens s'apprêtaient à la remercier chaleureusement, mais elle les interrompit :

— Ne perdez pas de temps !

Tous deux l'embrassèrent avant de disparaître dans la nuit, après avoir promis de lui donner de leurs nouvelles.

Sam Storton cria au cocher :

— Et maintenant, ramenez-nous à bord du *Maybelle* !

Jugeant qu'ils ne se trouvaient pas très loin du port, Lexia s'efforça de faire contre mauvaise fortune bon cœur. En fin de compte, il lui suffisait simplement de tenir Sam Storton à distance jusqu'à ce qu'ils arrivent à bord.

Malheureusement, son compagnon avait un peu trop bu. Il voulait à chaque instant lui presser la main. Agacée, elle lui donna un coup d'éventail.

— Oh, la méchante !

Il insista encore, ce qui lui valut un second coup d'éventail. Haussant les épaules, il se carra dans le coin de la voiture et se mit à ricaner en se frottant les mains d'un air satisfait.

« Je me demande ce qu'il mijote », se dit la jeune fille.

Elle se promit, une fois sur le pont, de courir jusqu'à sa cabine et de s'y enfermer. Elle n'avait aucune envie de prolonger ce tête-à-tête avec Sam Storton !

Malheureusement, les choses ne se passèrent pas tout à fait comme elle l'avait prévu. À peine avait-elle sauté sur le quai que Sam Storton la prit d'autorité par le bras avant de l'entraîner vers la passerelle.

— Faisons un petit tour au clair de lune, proposa-t-il.

— Non, merci. Je suis fatiguée.

Il se tourna vers elle et son haleine avinée la frappa en plein visage.

— Dans ce cas, je vous escorterai jusqu'à votre cabine, ma belle, dit-il avec un sourire qui découvrit des dents jaunies par la nicotine.

— Ce n'est pas la peine. Je...

— Permettez-moi de me conduire en galant homme.

Elle ne pouvait tout de même pas refuser sa compagnie ! Même si elle aurait préféré cent fois – mille fois ! – être seule plutôt que de devoir subir la présence d'un homme qui, dès le premier instant, lui avait été horriblement antipathique.

— Si vous insistez, fit-elle d'un air pincé.

Cette fois, il la prit par la taille pour l'emmener vers les coursives. Une fois arrivée, elle se dégagea, introduisit sa clef dans la serrure, et avant d'entrer, se retourna.

— Merci de m'avoir ramenée, se jugea-t-elle obligée de dire. À demain !

— Nous n'allons pas nous séparer comme ça !

Et il l'agrippa par les épaules.

— Lâchez-moi, monsieur !

Pour toute réponse, il laissa échapper un rire gras. Puis, d'une violente bourrade, il la poussa à l'intérieur de la cabine... et l'y suivit.

— Allez-vous-en ! cria la jeune fille.

— Sûrement pas, ma jolie !

Et il se jeta sur elle. Terrifiée, Lexia se débattit, distribuant au hasard coups de pied et coups de poing. Mais les forces étaient par trop inégales. Et sa résistance, au lieu de décourager son agresseur, semblait au contraire le galvaniser.

— Au secours !

— C'est ça, ma belle ! Appelle ! Je me demande qui t'entendra. Il n'y a personne ici en ce moment. Ils sont tous en ville.

Le visage de Sam Storton n'était plus qu'à quelques centimètres du sien. Dans son visage violacé par l'abus d'alcool, ses yeux injectés de sang étincelaient d'une lueur effrayante.

La jeune fille comprit qu'elle était perdue.

Wayne Freeman et Lexia avaient disparu ! Après les avoir cherchés partout dans les salons de l'ambassade, le marquis dut se rendre à l'évidence : ils étaient partis tous les deux. Ensemble ? Forcément.

Où se trouvaient-ils en ce moment ? Vraisemblablement à bord du *Maybelle*. Ils devaient être en train de préparer leurs bagages pour fuir... Dieu seul savait où !

Comment sa Lexia pouvait-elle souhaiter passer le reste de sa vie avec cet adolescent prolongé ? Cette espèce d'ours pataud... Soit, il était relativement chaleureux et sympathique. Mais à part cela, il n'avait pas grand-chose dans la tête.

Si elle devenait sa femme, elle ne tarderait pas à regretter sa décision. Réussirait-il à lui faire entendre raison ? Il en doutait. Mais, malgré tout, il estimait que cela valait la peine d'essayer.

Il se fit ramener au port.

— Vite ! ordonna-t-il au cocher. Je suis pressé.

Qu'allait-il trouver en arrivant ? Peut-être étaient-ils déjà partis ? À la perspective de ne plus jamais voir Lexia, son cœur se serra.

« Comment pourrais-je vivre sans elle ? se demanda-t-il avec désespoir. Sans sa vivacité, ses reparties malicieuses, son énergie, son sourire... »

Une fois arrivé à bord, il courut vers la cabine de la jeune fille. Il s'en trouvait encore à une certaine distance quand il crut entendre un cri.

Il accéléra encore son allure. La porte de Lexia était restée entrouverte.

— Au secours ! gémit la jeune fille d'une voix étouffée. Oh, non ! Non...

Francis fit irruption dans la pièce comme un fou, juste au moment où l'agresseur de Lexia lui déchirait le haut de sa robe.

— Non !

Seul un ricanement répondit à ce cri désespéré. Le marquis saisit l'homme au collet.

— Vous ? s'exclama-t-il avec stupeur en reconnaissant Storton. Mais alors, où est...

Sans perdre une seconde, il jeta à coups de pied le fils de l'armateur dehors. Storton s'écroula lourdement dans la coursive. Attiré par le bruit, un steward apparut à ce moment-là.

— Faites-vous aider pour ramener ce monsieur dans sa propre cabine, fit le marquis avec dédain. Il n'a rien à faire ici !

— Mon Dieu ! s'écria le steward, affolé en voyant que la brute saignait du nez. Mais c'est M. Storton ! Et dans quel état !

— Grand bien lui fasse ! Si seulement cela pouvait le dissuader d'attaquer les jeunes filles sans défense...

Là-dessus, Francis de Wimborton regagna la cabine de Lexia en claquant violemment la porte derrière lui.

Elle tremblait si fort que ses dents s'entrechoquaient, tandis qu'elle tentait tant bien que mal de ramener sur sa poitrine les lambeaux de sa robe.

Le marquis la prit dans ses bras et la berça comme une enfant.

— Voilà, c'est fini. Je suis là. Il ne vous fera plus jamais de mal.

— Oh, Frank ! Frank ! sanglota-t-elle. Je vous en supplie, ne me quittez jamais plus !

Il continuait à la bercer.

— Que s'est-il passé ? demanda-t-il. Où est Freeman ? Je croyais que vous aviez quitté l'ambassade avec lui.

— Oui. Mais il est parti avec Ann Grant.

— Ann Grant ?

— Ils se sont connus à New York où M. Grant, le père d'Ann, était en poste avant de venir à Athènes. Ils sont terriblement amoureux l'un de l'autre.

Le marquis ne comprenait plus.

— Quoi ? Wayne et cette Ann…

— Sont terriblement amoureux l'un de l'autre, répéta la jeune fille. Mais comme M. Grant ne veut pas de ce mariage, il ne leur restait qu'une solution…

— Fuir ?

— Exactement. Wayne et moi avons joué la comédie pour faire croire à M. Grant que tout danger était écarté. Il ne s'est pas méfié, et j'ai pu les aider à partir sans se faire remarquer. Tout se serait bien passé si cet horrible Sam Storton ne m'avait pas suivie jusqu'ici…

Elle joignit les mains.

— Je me croyais perdue ! Mais grâce au ciel, vous avez pu arriver à temps !

En frissonnant, elle se blottit contre lui.

— Oh, Frank ! J'ai eu si peur !

— Vous les avez aidés à fuir ? demanda le marquis avec stupeur. Vous avez su faire preuve d'une telle abnégation ?

Elle le regarda avec stupeur.

— De l'abnégation ? Moi ?

— Mais oui ! Vous aimez Wayne et…

— Pas du tout ! Je l'aime bien, je le considère comme un excellent ami, un grand frère… Quant à l'aimer ! Vous rêvez !

— Mais vous avez dit à votre père que vous aimeriez mieux mourir plutôt que d'en épouser un autre.

— Je n'ai jamais dit cela ! s'écria-t-elle avec indignation. Jamais !

— Quand vous l'avez vu à bord, vous vous êtes jetée dans ses bras.

— Parce que je l'aime bien ! Et si vous ne savez pas encore, mon pauvre Frank, qu'il y a une grande différence entre « aimer bien » et « aimer tout court », il vous reste beaucoup à apprendre !

— Moi aussi, vous me considérez comme votre frère. Mais en ce moment, mes sentiments n'ont rien de fraternel...

Sur ces mots, il prit les lèvres de la jeune fille dans un baiser sans fin. Les yeux clos, elle se lova contre lui en répondant à ce baiser avec un élan de tout son être.

Enfin, il releva la tête et la contempla d'un air plein de ferveur.

— Je vous aime, Lexia.

— Je vous aime, Frank. Je ne sais pas comment ni quand c'est arrivé... Peut-être vous aimais-je déjà lorsque nous étions en Angleterre ? Mais j'étais incapable de mettre un nom sur ce que j'éprouvais à votre égard.

Le marquis resserra son étreinte.

— Je vous ai aimée dès le premier instant. Lorsque nous nous sommes rencontrés dans les bois... Vous souvenez-vous ? Vous étiez tombée de cheval, je vous ai aidée à vous relever. Je vous prenais pour un adolescent, et soudain, votre casquette est tombée, vos cheveux d'or se sont répandus autour de votre ravissant visage, et j'ai eu l'impression que mon cœur s'arrêtait de battre.

— Pourquoi ne m'avez-vous pas dit que vous m'aimiez ?

— Vous me considériez comme votre grand frère, vous me disiez avoir en moi une confiance absolue. Si je vous avais parlé d'amour, j'aurais eu l'impression de trahir cette confiance. De plus, votre argent mettait entre nous une barrière presque infranchissable.

— Pourtant, vous avez besoin d'argent! rétorqua-t-elle avec son bon sens habituel.

Il soupira.

— Je le sais. J'espérais que vous alliez, vous aussi, tomber amoureuse de moi… même si je savais qu'il y avait un autre homme dans votre vie. Mais quand Wayne Freeman est arrivé à bord, j'ai compris qu'il n'y avait plus aucun espoir pour moi.

— Que de malentendus!

— Nous allons être si heureux ensemble. Mon amour, promettez-moi de m'épouser dans les plus brefs délais.

— Je vous promets tout ce que vous voulez.

— Si nous nous y prenons bien, nous pourrions devenir mari et femme dès demain dans la chapelle de l'ambassade d'Athènes.

— Comment serait-ce possible alors que nous voyageons sous de fausses identités? objecta la jeune fille.

— L'ambassadeur me connaît. Je sais pouvoir compter sur lui pour faciliter les formalités.

— Devenir votre femme? murmura Lexia. Quel rêve! Quel rêve merveilleux!

Dans un geste plein d'abandon, elle noua ses bras autour de la nuque de son Frank et ferma les yeux avant de déclarer dans un souffle:

— Je vous aime.

— Je vous aime, fit le marquis en écho.

Une nouvelle fois, leurs lèvres se rencontrèrent dans un baiser à la fois plein de tendresse et de passion.

Barbara Cartland

Découvrez, sans plus attendre les autres romans de Barbara Cartland, la reine incontestée du roman sentimental.
Voici la liste de ses romans actuellement disponibles.

Escapade en Bavière
N° 931
Les feux de l'amour
N° 944
C'est lui le désir de mon coeur
N° 953
Impétueuse duchesse
N° 1023
Cœur captif
N° 1062
Sous le charme gitan
N° 1120
Le cavalier masqué
N° 1238
Le baiser du diable
N° 1250
L'air de Copenhague
N° 1335
La déesse et la danseuse
N° 1581
L'enchanteresse
N° 1627
La princesse en péril
N° 1762
Rencontre dans la nuit
N° 1807
L'amour à la barre
N° 1870
Un mari chevaleresque
N° 2114
L'amour retrouvé
N° 2130
Le sable brûlant d'Hawaï
N° 2188
Dans les bras de l'amour
N° 2465
La princesse des Balkans
N° 2856
Le carrousel de l'amour
N° 3089
Quand vient l'amour
N° 3237
L'amour n'a pas de loi
N° 3420
La princesse endormie
N° 3434
Le lac de l'amour
N° 4847
Symphonie berlinoise
N° 4877
La fugitive de l'amour
N° 5073
Les trésors de l'amour
N° 5100
L'amour pour seule richesse
N° 5164
La passagère de l'amour
N° 5165
Le vœu d'Alicia
N° 5187
L'amour ou la fortune
N° 5210
Et si ce n'était qu'un rêve ?
N° 5229
Le magicien de l'amour
N° 5261
Une épouse à tout prix
N° 5831
Les manigances de Georgina
N° 5832
En route vers l'amour
N° 5851
L'amour sinon rien
N° 5872
Le trésor caché
N° 5873
Le duc qui haïssait les femmes
N° 5980
Un héritage embarrassant
N° 5988
Pour l'amour d'un prince
N° 5989
Sous le charme d'une inconnue
N° 5999
L'arme secrète de Lucinda
N° 6015

Ballade en Égypte
N° 6025
Musique au cœur
N° 6026
La croisière de l'amour
N° 6030
L'appel de l'amour
N° 6083
La revanche du vicomte
N° 6107
Après tant d'obstacles... l'amour
N° 6168
L'amour à portée de main
N° 6169
Un paradis pour Wanda
N° 6289
L'amour n'avait pas de nom
N° 6352
Pour l'amour de l'Écosse
N° 6353
Princesse de mon cœur
N° 6374
Le brigand et l'amour
N° 6386
À la recherche de l'amour
N° 6434
Selina et le marquis
N° 6491
Un amour miraculeux
N° 6507
À jamais conquise
N° 6508
L'amour résoud tout
N° 6514
Sous le ciel d'Écosse
N° 6515
Escapade en Grèce
N° 6516
Un cœur au paradis
N° 6538
Tout est bien qui finit bien
N° 6539
Le manoir du bonheur
N° 6546
Le vaisseau de l'amour
N° 6570
Le pays magique de l'amour
N° 6571
Le choix de l'amour
N° 6606
L'étoile de l'amour
N° 6607
L'amour masqué
N° 6676
Une ravissante gouvernante
N° 6677

À paraître en novembre 2003
Livrez-moi votre coeur
N° 3421
Tendre duo
N° 6547
Le coeur a ses secrets
N° 6572

2 romans pour 4,50 euros seulement

Ah, l'adorable menteuse !, *suivi de :* La sérénité d'un amour
N° 5498

Un amour au clair de lune, *suivi de :* Fortuna et son démon
N° 5878

Le portrait de l'amour, *suivi de :* De l'enfer au paradis
N° 5880

L'irrésistible charme d'Helga, *suivi de :* Le secret de l'Écossais
N° 5979

Une épouse particulière, *suivi de :* Le sortilège des Antilles
N° 5990

6516

Composition Interligne B
Achevé d'imprimer en France (Manchecourt)
par Maury-Eurolivres
le 3 septembre 2003.
Dépôt légal septembre 2003. ISBN 2-290-33514-2

Éditions J'ai lu
84, rue de Grenelle, 75007 Paris
Diffusion France et étranger : Flammarion